ハヤカワ
時代ミステリ文庫

〈JA1411〉

六莫迦記

これが本所の穀潰し

新美　健

早川書房

8461

目次

六莫迦記

これが本所の穀潰し

登場人物

逸朗………………妄想好き。戯作者になりたい

雅朗………………傾奇者。役者になりたい

左武朗……………闘い好き。日本一の剣士になりたい

刺朗………………『葉隠』を読んで死に魅入られる。猫になりたい

呉朗………………金儲けが大好き。勘定奉行になりたい

碌朗………………自由人。遊び人になりたい

葛木主水…………葛木家当主

妙…………………主水の妻

安吉………………下男

鈴…………………下女。安吉の孫娘

序　六ツ子は面妖なり

一

葛木主水(かつらぎもんど)は、ともあれ武家である。

小普請組に属していた。

徳川家の直参(じきさん)だ。譜代(ふだい)の幕臣であった。が、家格は微妙を極め、旗本とも御家人ともつかない二百石取りの小身武家なのである。

ところで——。

葛木家には六ッ子がいる。

男の六ッ子であった。

「はてさて、なんとも面妖な」

「面妖といえば面妖なれど、讃岐の国の丸亀藩においても宝永二年（一七〇五年）ごろに六ッ子が生まれたと聞くがな」

「ほれ、したが讃岐とくれば、狐狸の本場ではないか」

「なれば……」

「うむ、やはり……」

「葛木家の奥方は、お稲荷様の眷族なのであろう」

「たしかに顔立ちはよく似ておる」

「主水どのは天晴れな狸面よ」

「待て。狐と狸では不倶戴天の敵同士ではないか」

「なればこそよ」

「――とはいかに？」

「古来より宿敵と憎み合う一族に生れし牡と牝――いやさ、男と女がな、互いに愛しく思って結ばれんと欲すれば、ほれ、これはもう親兄弟など蹴り捨てて、花のお江戸へと駆け落ちいたすが道理であろう」

「おお！」

「それは泣ける」

「うむ、涙にむせぶ」

近隣の住人どもは、六ツ子という摩訶不思議を目の当たりにして、嘘かまことか定かならぬ与太話に興じていた。

双子ですら不吉と忌み嫌われる。

これが六ツ子ともなれば、丸亀藩の先例があるとはいえ、いかに産み落としたのかは誰もが頭を悩ますばかりであった。

胡乱(うろん)である。

儒者などは、〈怪力乱神を語らず〉と澄まし顔でのたまう。世に不思議なし。そんな解釈であろうが、外を出歩けば、怪力や乱神ではないにしても、その不思議とやらが太平楽に闊歩しているのだ。

なるほど。

六ツ子はいる。ここにいる。

逸朗、雉朗、左武朗、刺朗、呉朗、碌朗。

ずらりと同じ顔だ。

目鼻の造作に疎漏はなく、むしろ整っているほうではあるが、のっぺりとして、なんとも締まりのない面構えであった。

背格好も大差なく、平凡にして中庸である。

だが、どこか異なるところもあるのだろう。などと、眼を剝きに剝いて凝視していると、すべてが二重や三重に——いや、六重にも見えているようで、はて、おのれの眼がおかしくなったのではないかと惑乱する。

奇怪にして面妖であった。

それでも、世には感心しきりの者がいる。

双子であっても、母親が分け与える養分が足りなくなるのか、生まれながらの虚弱で天寿を全うできないことが多いという。

なんと、それが六人だ。

よくぞ、ひとりも欠けることなく成人になったものだ。

天晴れであろう。

いっそ、人の子とは思えない。

が、葛木主水の狸面とヌル燗のごとき人柄もあって、さして近隣から忌み嫌われることなく、かといって好んで親交を深めようとする物好きもなく、誰もが遠巻きにしながら葛木家を受け入れていた。

なに、人倫にもとる？

しょせんは狸と狐の成したことではないか……。

なにしろ、葛木家は北本所の外れにある。

本所の西には大川があり、吾妻橋で繋がる浅草者からは、「本所なんざあ、江戸のうちに入らねえ」と小莫迦にされている。

葛木家は、さらに東の横十間川を渡った先だ。となれば、本所ですらない。村である。

田畑の中に、ぽつんと百数十坪ほどの拝領地を戴いて、こぢんまりとした屋敷を構えているのだ。

町奉行支配とはいえ、もはや江戸とは呼びたくもない。

田舎だ。

人より獣の世間に近かろう。

であれば、お伽噺が似つかわしい。

本所七不思議として江戸者の耳や口に馴染んだものといえば、〈消えずの行灯〉、〈置いてけ堀〉、〈足洗い屋敷〉、〈送り提灯〉、〈狸囃子〉、〈送り拍子木〉、〈片葉の蘆〉などであった。

これに〈北本所外れの六ッ子〉を加えれば、なんと八不思議だ。

末広がりで、じつにおめでたい。

などと、噂話に興ずる者の頭にさえ花が咲きそうな有様で、いやはや、なにがなにやら、なんだかんだで……。

二

「──穀潰しども、たんと召し上がれ」

六ツ子の母御は、菩薩のような笑顔でのたまうのだ。

母の名は妙という。

細面であり、触れれば切れそうなほど目尻が鋭く吊り上がっている。口元をきりりと引き締め、所作に隙がない。いかにも武家の女である。肌が白く、背が高く、やや猫背。そのくせ狐顔ときた。

齢は四十の境を彷徨っているはずだ。正しくは六ツ子にもわからない。問おうとすれば、無言の威厳を浴びて口中が封ぜられる。どうあれ、六ツ子たちが世に生れ落ちたときからの母御であった。

父の膳がないのは、朝から登城しているからだ。

とうに陽は高く昇っている。

「さあ、好きなだけ召し上がりなされ。お役目に就くこともない身で、犬猫のように、禽獣のごとく、恥知らずにたんと喰らいなされ」

この毒舌である。

葛木家の六ツ子たちは、一汁三菜の朝餉を炊き立ての飯とともに掻き込むと、逃げるようにして部屋へ引き戻った。

ひとり部屋などなく、まとめて六畳間を与えられているのだ。

「母上の舌鋒は、日増しに鋭さを増しておらぬか」「げに、胸に突き刺さる」「あの眼には殺気が宿っておる」「牝狐め」「牝狐？　どこだ？　皮を剝いで売ろう」「あれじゃあ、ちっとも飯の味がしねえや。粋じゃないねえ」

頭を寄せ合い、口々に愚痴を吐く。

「とはいえ、無理もない」

「我ら六ツ子、そろって部屋住みの身じゃからの」

「うははっ、次男より下は厄介厄介」

「笑っておるときではないわ」

「たしかに、笑ってよかろうはずもない。しかし、どうだ？　葛木家の跡継ぎがしっかりしておれば、母上の舌鋒とて少しは丸くなるのではないか？」

「うむ、しかり」

誰が話しているのやら、混乱するほど同じ顔であった。

「で、誰が跡継ぎなのだ？」

「長子であろう」

「おれか。だが、見渡すかぎり同じ顔なのだ。誰が長子で跡継ぎなのか、じつは母上もわかっておらぬのでは？」

「在り得るな」

「いや待て。父上が御届書を出してあるはずだ」

「あの狸のことだ。忘れておるやもしれぬ」

「ふてえ狸だな」

母には畏怖を抱き、これまで育て上げてくれたことへの感謝と敬慕の念をいささかばかりは持つ六ツ子だが、父に対しては、やや怪しいようであった。

「これは、たしかめておくべきやもしれんな。父上はいずこへ？」

「登城の日よ」

「狸が御城に登ったら、鉄炮で撃たれるのではないか」

「ぜひ撃ちたいものだ」

「親を撃つ奴があるか」

「まあ、急いて撃たずとも、誰かが継ぐことにはなっておろう」

六ツ子は躊躇(ためら)いなく父へと矛先をむけた。

「そも、父上がいつまでも隠居せぬのがいかん」「もっともだ」「ご政道の害となるは、あの手のしぶとい古狸よ」「狸は射殺せ」「狸狩りですか？　皮は、わたしが高く売りましょう」「殺生は野暮だ。粋じゃないね」

だが、と六ツ子のひとりがつぶやいた。

「父上が隠居をすれば、身共の誰かが後を継がねばならぬ」

残りの五人は、はっと背筋を伸ばす。

「お城勤めは御免蒙る」「堅苦しいのは苦手じゃ」「働きたくない」「袖の下はもらいたい」「おれっちは遊びたい」

顔つきは神妙ながら、どうにも性根の薄汚れた六ッ子たちであった。

「遊びか。よい料簡だな」

「出かけるか」

うむ、そうしよう、と六ッ子は声を和した。


六ッ子は息を潜め、そろりと庭先から屋敷を抜けることにした。

そのために、いつも履物を縁の下に隠してある。

母御の毒舌が磨かれるのも無理はない。

もはや二十歳となった六ッ子たちは、知や技を磨くために学問所や剣道場へ通うわけではなく、ひたすら面白可笑しく遊んでいるだけであった。

「おや、若様」

下男の安吉が、箒で掃く手を止めて挨拶してきた。

陽に焼けた顔で、笑うとおびただしいシワで顔が埋もれる。ずんぐりと小柄だが、手足は太く、老いても強靭そうな体軀を保っていた。

「おお、安吉か」「ちと旅に出てまいるぞ」「鈴に団子の土産を持って帰る」「じじい、まだ死ぬな」「うむ、生きよ」「あばよ」

「はいはい」

下男に見送られ、六ツ子たちは裏の木戸から外へ出ていった。

三

「西か？　南か？　そのあいだか？」

ひとりが問うた。

西は浅草だ。

南にむかえば深川である。

西南の方角には両国広小路だった。

いずれも見世物や芝居小屋がひしめき、賑々(にぎにぎ)しい人波に洗われながら彷徨っているだけでも、おおいに楽しく過ごせるはずであった。

「吾妻橋を渡ろう」

「では、浅草だな」

「とにかく、本所では落ち着かぬ」

横川に沿って北へ足をむけた。

いつも六人でつるんでいるが、とりたてて仲がよいわけではない。

いっしょにいれば責任も六等分──。

そのくらいの心積もりであり、じつに人の生を舐めている。

左手には町屋が軒を並べ、右手には田畑がひろがっている。若き武家の魂にとっては、人界と異界の狭間にも思えるであろう。

左に曲がって業平橋を渡った。

町屋の通りを歩きすすむと、眼の前に大川の流れがあらわれる。

吾妻橋を渡れば、そこは浅草の門前町であった。

「深川より近いとはいえ、橋を渡らねばならんのが面倒だな。当家も便利なのか不便なのか、よくわからぬところに屋敷を拝領したものだ」

「それでも朱引の内だ」

「しかし、墨引の外ではある」

朱引とは幕府の公式見解によって定められた江戸内外の境界線で、墨引は町奉行の受け持つ範囲のことである。

「父上も若いころは市中に屋敷があったと聞くぞ」

「それが、なにゆえ墨引の外へ……」

「大事なお役目でもしくじって放逐されたのではないか」

「狸め、なにをやらかしたのだ」

「そもそも、当家は旗本か？　それとも御家人なのか？」

これまで六ツ子たちの誰ひとりとして知ろうともしなかったことであった。

どうせたいした家柄ではない。

気にせずとも穀潰しは務まるのだ。

「当家は二百石取りだ。武家としては小身であろう。それでも旗本であれば将軍に御目見得できる身分ということになる」

「旗本ならば五百石はあろう。わずか二百石ということはあるまい。父上は小普請組。堂々たる御家人のはずだ」

「昔は旗本であったのかもしれません。小普請組には、しくじりをした旗本が懲罰として放り込まれる先例もあります」

「零落したか。狸め、しくじりおって」

「いやいや、二百石の旗本もあります。ただし、軍役に照らし合わせれば、槍持ちや用人など、十人ほど雇わなければならないはず。旗本であれば、家禄にかかわらず、屋敷の敷地も五百坪ほどは拝領しているでしょう」

「あの屋敷なんざ、百数十坪ぽっちじゃねえか。雇ってんのも下男と下女のふたりだけだ。御用人どころか、中間すらいねえ。へっ、百俵六人で泣き暮らしたあ、このことじゃねえのかい？」

「しかも、旗本に許された〈開き門〉もありません。ただの木戸で、門番もいない」

「ならば、当家は御家人ということでよかろう」

「だが、親父どのは譜代と自慢しておったな」

「直参とも聞いておる」

「直参ってなあ、御目見得以上なのかい？」

「ところが、御家人も直参を名乗っています。御家人とは、徳川家の御家の人という意ですから、その伝でいけば、譜代も旗本も、すべて御家人でなければならないということになってしまいますが……」

「うむ、わからぬ」

「拙者もだ」

「厳密にすると、いろいろ障りがあるのでしょう」

「いい加減なものだなあ」

江戸幕府という統治組織も、かれこれ二百五十年ほどつづいてきたのだ。あちこちにガタがきたところで仕方のないことであった。

「江戸は武士が多すぎるのだ。ゆえに職が足らぬ。いっそ幕府など滅びてしまえば……」

「これ、滅多のことを口にするな」

「旗本か御家人かはどうでもよい。当家も幕臣だ。それでよかろう。ともあれ、御城に近くては息苦しい。武家屋敷に囲まれれば堅苦しくてたまらぬ。親父殿がお役目でしくじったにせよ、かえってでかしたと褒めねばならぬ」

「たしかに」

「もっともなことだ」

風神雷神の大門をくぐり、六ッ子たちは境内に踏み込んだ。

晴天だけに、大層な人出であった。

ゆったりと幅の広い参道の両脇には、茶屋などの仲見世がびっしりと並び、武士や町民などが節操なく入り交じっている。

「まずは腹ごなしか」

「皆の者、懐中の銭は？」

「八文」「二文じゃ」「六文」「空虚」「カラッケツよ」

「おれも無一文だ」

すべて足したところで、蕎麦一杯しか食えない。

「ちと寂しいな」

「おや、こんなところに紙札が落ちてら」

「陰富か？」

陰富とは、富クジのことだ。

番号を書いた札を箱に詰め、無作為に槍で突いて当たりを決める。町人の射幸心を煽るということで、表向きは禁制となっているが、娯楽と夢を求めるのが江戸っ子であり、〈陰〉の富クジが秘かに出回っているのだ。

「……あ、外れ札のようですな」

「拾い物とはそんなものだ」

「陰富より目先の金子よ。千両箱でも落ちておらぬか」

「棒手振でもするか？」

「なにを売る？」

「そのへんの草でも売ろう」

「おい、武家の体面を穢すな」

「ならば、〈奥山〉で大道芸でもするか」

表参道の仲見世も賑やかではあったが、壮麗な本堂の裏にまわった〈奥山〉では、楊弓場、芸人の見世物、小屋掛け芝居、茶屋や楊枝屋などが、立派な木々のあいだにひしめいているのであった。

「おお、やるか」「やるべし」「是非もなし」

　武家の体面など、どこ吹く風である。

　常在有閑。

　売りたいほどに暇を持て余している六ッ子たちだ。

　遊ぶ銭がほしければ、せっせと傘張りなどの内職にでも励めばよいものの、根気という美徳を自堕落な性根が受け入れず、しかも葛木家の勘定奉行である母御にすべての稼ぎを持っていかれてしまう。

　ならば、武士の一分にかけても屋敷内では働くまい。

　だから、もっぱら滑稽な姿に扮して町人から小銭をせしめることを好み、そこには武士の矜持など欠片もない。

　首尾よく稼げた日には、広小路や寺社の境内を無為にうろつき、世俗の垢を洗い流すと称して湯屋に寄る。二階の床窓から女湯を覗いたり、湯上がりの老人と賭け将棋に興じたりするのだ。

　賭事は、たいてい負ける。

　いよいよ窮したとなれば、辻床屋と称して市中を歩く町人を捕まえては、ざくざくと勝手に髪を切ってしまう。まともに髪など結えるはずがなく、ひどい頭にされた客は逃げるために幾ばくかの文銭を置いていくのだ。

「河童か？　閻魔か？」

「河童すべし」

「肌は緑か？」

「葉っぱはやめよ。かぶれる」

「かぶれぬ葉っぱにしてくれ」

「墨を溶いて塗るか」

「彩りは多を良しすべし」

「ならば、赤もだな」

「唐辛子はやめよ。紅生姜で染めるのだ」

小屋掛け芝居の裏手を借りて、手早く支度を整える。六ツ子が珍しいだけに、浅草の芸人にも顔馴染みは多いのだ。

「河童でござる。河童でござるー。常陸国の霞ヶ浦で生け捕った河童にてソーローー」

「常陸とは近うないか？」

「決まり口上は、紀州熊野浦であろうに」

「魚と同じよ。近くで獲れたほうが瑞々しいであろう」

ひとりは口上を述べ、ひとりは笊を持って投げ銭を集めてまわる。

残りの四人が河童に扮する。

芸としては目新しくもないが、同じ顔の四人でやるところが珍趣を催すのだ。

　上体は裸で、緑、黒、赤と彩りも豊かだ。履物を脱ぎ、袴のみ身につけ、背中に甲羅代わりの編み笠を背負っている。

　髷はほどき、ざんばらの落ち武者頭であった。口には紙を折ってこしらえたくちばしを紐でくくりつける凝りようだ。

　遊びに手間は惜しむは、部屋住み穀潰しの名折れといえよう。

「かっぱだよ〜」

「きしゃー」

「河童の鳴きはそんなものか？」

「知らぬ」

「いや、からららら、だ」

「きしゃー」

「からららら、だというのに」

「かっぱだよ〜」

「きしゃー」

「客の受けがいまいちだ」

「となれば、河童相撲だ」

「よしきた。さあ、みあって、みあって～」

六人そろって、莫迦者ぞろいである。

四

屋敷の裏口から六ッ子がこっそり帰宅すると、

「若様、お帰りなさいませ」

と下女の鈴が声をかけてきた。

安吉の孫娘である。

歳は十六になったはずだ。身なりは質素だが、顔立ちは愛らしく、手足もすんなりと伸びて可憐である。ふた親を幼いころに亡くし、安吉とともに住み込みで葛木家に雇われているのだ。

「おう、鈴」「いつもながら可愛いのう」「若様ではない。兄様と呼べ」「土産の饅頭じゃ」「じじいと食え」「母上には内緒ぞ」

「はいはい」

庭先から、六ッ子は足音を忍ばせて部屋へ戻っていった。

「ほれ、穀潰しども、たーんと召し上がりなさい」

夕餉である。

父御は、まだ御城から戻っていなかったが、それを気にかけるようでは穀潰しとしては半人前である。腹がくちくなるほど飯をかきこむと、あとは六畳の部屋で六組の布団をぎゅうぎゅうに並べて寝るだけであった。

だが、若さゆえに寝つけない。無駄に血が滾っている。

「……夜遊びとゆくか」

「うむ」「よいな」「ゆこうぞ」「では、いざ」「へっ、宵ぼりの朝寝こきだぜ」

そろり、と。

ふたたび屋敷を抜け出すことになった。


「夜風が心地よいな」

本所にも悪所はあった。

法恩寺橋で横川を渡ると、長岡町や吉岡町といった岡場所がある。岡場所とは幕府が公認していない遊廓のことだ。

遊廓の中でも卑しく、遊女の品格は劣っている。通りも狭く、かろうじて人がすれ違えるくらいだ。初心な若者が迷い込めば、鬼婆のような老妓に捕まって、たちまち身ぐるみ剝がされてしまう。

長岡町や吉岡町に挟まれて、夜鷹の巣である吉田町もある。あたりが暗くなると女たちが通りに出て色をひさぐのだ。

六ツ子は素寒貧と知れ渡っているから、袖を引くような老妓もいない。かといって、目障りだと疎まれることもない。若き武士でありながら、警戒に値するほどの覇気をまとっていないからであろう。

無垢ではないが、無害ではあるのだ。

六ツ子の行軍はつづく。

ずんずん南へすすんでいくと、竪川が眼の前を横切る。このあたりは水路だらけだ。小さな橋を渡って、右へと爪先をむけた。

両国橋の方角へ——。

行儀悪く懐手にしながらそぞろ歩く。松井町や常盤町といった美人が多い岡場所に通りかかる。むろん、由緒ある吉原遊廓に敵うはずもないが、それでもなかなかに華やかな風情があった。

りん、りん、と涼やかな音が聞こえる。

屋台が鳴らす風鈴であった。

夜半が近い。そろそろ小腹も減ってくる。河童相撲で稼いだ銭の残りで、六ツ子は屋台で夜鷹蕎麦をたぐった。

あとは宵っぱりの町人たちと講談の会に紛れ込み、旦那芸の落語を囃したり、六ツ子の口三味線を披露したり、〈夜明かし〉のぼんぼり看板を出した安居酒屋を呑み歩き、たらりたらりと朝まで遊び呆けるのであった。

「今宵も愉快であったな」

「よくぞ穀潰しに生まれけりだ」

「このような暮らしが、いつまでつづくかのう」

「だがしかし……いや、もし天下が引っ繰り返ったらどうする？　おれたちも戦に駆り出されるのではないか？」

「兄者の空言がはじまったか」

「案ずるな。我等は一騎当千のつわものぞろいよ」

「戦場に出るくらいなら腹を召すわい」

「槍より算盤のほうが軽いですな」

「鉄炮で火薬を燃やすなんてもったいねえ。花火なら打ち上げてえ」

とはいえ、太平の世であった。

戦乱の世は遠く、ただの物語でしかなかった。命を落とす気遣いはなく、余計な覇気がなければ喧嘩さえすることもない。

「ならば、愚弟どもよ、おまえたちの夢を問いたい。もし万事の願いが叶うとすれば、何者にならんと欲するや？」

「身共は役者になりたい」と次男の雉朗。

「日本一の剣士になりたい」と三男の左武朗。

「ああ……猫になりたい……」と四男の刺朗。

「勘定奉行になりたい」と五男の呉朗。

「おいらあ、遊び人になりてえ」と末弟の碌朗。

なんとも愚にもつかない答えが並んだものだ。

「兄者はどうなのだ？」

「おれか？　そうさの……とりあえず、神田の八ツ小路でおにぎりを咥えた愛らしい女子とぶつかりたいものじゃ……」と長男の逸朗。

ある学者はのたもうた。

莫迦も江戸の名物である——と。

およそ二五〇年にもおよぶ長い長い太平が、かように研鑽され尽した珠玉の莫迦どもを生み出すに至ったのであった。

家禄は低くとも、父親が壮健であれば餓えることもなかった。矜持を捨てて日銭を稼ぎ、高望みさえしなければ、これほど安楽な身分はないのだ。

道端の蟻を見るがよい。

皆が働いているようでも、よくよく眺めれば、ちゃっかりと怠けている奴がいる。学者によれば、一定の数で怠け者がいて、いざというときにだけ働くのだという。

本当かどうかは知らない。

が、それと同じことであった。

五

暁闇に紛れ、こっそり屋敷に戻ると、

「おはよう、愚息たちよ」

「おかえり、穀潰しども」

父御と母御が、畏れ多くも門前で出迎えてくれた。

六ツ子たちは慄然と立ちすくんだ。

微笑む母御の手には、長刀が握られている。流派は会津に伝わる静流だと聞いているが、その腕前をたしかめたくはなかった。

「……ただいま戻りました」「同じく」「平に平に」「さあ殺せ」「ご容赦を」「いや、殺せはよしなってばよ」

久方ぶりに、六ツ子たちは玄関より屋敷へ入った。

「さて、その方らに申し渡す」

ははっ、と六ツ子は平伏した。

父の葛木主水は、座布団を三枚も重ねてふんぞり返っている。牢名主を気取るわけではなく、持病の痔瘻(じろう)を患っているのだ。

見れば見るほどに野狸のような面差しであった。手足も短く、腹は愛嬌たっぷりに丸々と膨らんでいる。

御城務めより田舎代官のほうが似つかわしく、貫録など薬にしたくもない。六ツ子たちの舐めた態度も頷けないことではなかった。

狐面の女房が、その隣に並ぶ。

まさしく狐狸の夫婦であった。

六ツ子たちは、鼻先を畳に擦り付けるほど低頭しながらも、こっそりと眉に唾を塗り付ける。化かされないための用心だ。

その古狸が、もったいつけて口を開いた。

「おのれらは、武士の子として文武に励むどころか、暇さえあれば遊んでばかりじゃ。元服すれば殊勝になるかと期待し、長い眼で見守っておったが、どうやらそのような兆しもない。そこで、わしも一考してみた」

六ツ子たちは息を呑んだ。

狸親父め、なにを口走ろうとしておるのか——。

「長子でなくとも、この葛木家を継がせる。そう決めたぞ」

「えっ……おれが跡継ぎでは？」

長子の逸朗が驚きの声を発した。

「そのようなこと、だれが申した？」

「ならば、身共が？」「もしや、それがしか？」「わしとな？」「わたしですか？」「おれっちで？」

五人の弟が口々に問い、父御は冷ややかにかぶりをふった。

「まだ決めておらぬわい」

逸朗の顔は蒼ざめた。

微禄の家など継ぎたいわけではない。が、長子としては、なけなしの体面を粉微塵にされた思いであったろう。

「ならば、御家のことはどのように？」

「うむ、よくぞ聞いてくれた」

父御は大きくうなずいた。

「おのれらは、まことに甲乙つけがたき阿呆である。阿呆が継いだところで、当家も先が知れておろう。が、阿呆は阿呆でも、なお我が息子よ。親としては可愛くないこともないと心得よ。わずかなりとも武士らしき者に家督を譲りたい。さあ、競え。学問でも武芸でもよい。そのたるみ切った尻から漏れる屁のような性根を入れ替えて、この父の眼を瞠らせてみよ」

「それは、お父上が裁定されるのですな？」

と雉朗が恐る恐る訊いた。

「むろんじゃ」

「もし、ひとりもお眼に適わなければ……いかに？」

と訊いたのは、左武朗だ。

「誰にも家督は渡さぬ」

「御家滅亡！」

と刺朗が叫んだ。

「安堵せい。当家は潰れても幕府は潰れやせん」

「それもそうか」

「いや、騙されるでない」

碌朗が素直に安堵し、それを呉朗がたしなめた。

一巡して、ふたたび長子が訊ねた。

「ならば、跡継ぎになれなかった残りの者は？」

「うむ、座敷牢に押し込める」

「座敷牢！」

「そのようなものが当家にあったのか」

「なにを申す。つい先に建てたではないか」

まさか気付いておらなかったのか、と父御は呆れた顔をした。

「ああ……」

「裏庭の小屋か」

「我らも建てるの手伝ったな」

「格子が妙だとは思っていたが」

「わしは馬小屋だとばかり……」

「馬小屋？　当家に馬はおらぬのにか？」

「親父殿が買うのだと思ったのだ。だからこそ、楽しみにしておったのに」

「馬などいれば、跡継ぎが増えるだけではないか」

「当主は狸だ。馬に継がせても不思議はない」

「いや、馬だぞ？」

「不思議はないが体面が悪かろう」

「気にする親父殿ではないわ」

「なんと没義道な！」

にたり、と古狸は笑った。

「あの座敷牢は頑丈じゃ。押し込められれば、たやすくは破れんぞ」

根拠もなくつづくと信じていた安寧が破られ、六ツ子たちの顔に恐懼が踊り狂った。眼を血走らせて口々に吠えたてる。

「無体な」「父上、ご乱心なされたか！」「謀反しかないか」「狸鍋にするぞ」「い、厭だ！　わたしは厭だ！」「おい、狐もなんとかいいやがれ！」

「お黙り」

しん、と静まり返った。

母御は膝に乗せた脇差に手を添えている。

「だれが狐ですか？」

狸鍋はよかったのか、と六ツ子どもは眼を剝く。

「穀潰しども、安堵なさい。座敷牢とはいえ、ご飯は出るのですよ」

「む……待遇は悪くないか」

　安堵したのは、左武朗のみであった。

「ただし、一日に二度までとします」

「謀反だ！　御家断絶だ！」

　ほほほ、と母は楽しげに笑う。

「謀反と？　可愛らしい愚息だこと。ええ、やって御覧なさい。武家の女として、いつなりとでも覚悟はあるのですよ」

　脇差の柄を親指で押し、鋭利な刃がわずかに覗いた。

「う……」「おお、殺気が迸（ほとばし）っておる」「母上、お平らに」「申し訳も」「お平らにお平らに」「心からお詫びいたしやす」

　六つの額が畳に擦り付けられた。

第一幕　逸朗の莫迦

一

——浮世の沙汰とは、なんと理不尽なものよ。

本来、長子の逸朗が家を継ぐべき立場にあった。

元来、それこそ不幸の大元であると信じていた。

生まれた順とはいえ、同じ顔なのだ。産婆も次から次へと転げ出てくる赤子を必死の形相でとり上げたはずだ。どれが長子でどれが次男やら、はたして見分けがついていたかどうか——じつに怪しい。

それなのに、真っ先に矢面へ立たねばならない理不尽を背負わされてきた。

長子だからだ。

葛木家の跡継ぎだからだ。

悩むことは苦手だ。決断などしたくもない。

逃げたい。切実に。

いっそのこと、空から降ってきた羽衣天女と戯れたり、童に苛められている大亀を助けて竜宮城へ逃げ込みたいところだ。亀はどこだ。眼を剝いて探したが、どこにも見あたらなかった。

──妄想は良い。

晴天を眺めながら、ふわりと魂を遊離させ、お気楽な妄念や空想と戯れながら、いつまでも心地よいうたた寝を満喫していたかった。

銭はかからぬ。時は過ぎてゆく。

良いことばかりであった。

だが、しかし、ともあれ──。

六ツ子にとって、危急存亡の際なのである。

二

青空に千切れた雲が泳いでいた。

渡し舟が流れを横切り、大川の水面をきらめかせる。

逸朗は河岸で寝転んでいた。

向こう岸をのぞめば駒形堂の屋根がぽつんと小さく見えているが、さすがに吾妻橋を渡る気にはなれなかった。

あれから——。

六ツ子たちは動揺を抱え込みながら、いったん自陣の六畳間へと引き下がった。朝帰りの頭はどんよりと鈍く曇り、遊び疲れて脂の浮いた六つの顔を突き合わせたところで息苦しいばかりだった。

そこで、外の清涼な空気を吸いながら合議すべしと相成ったが、屋敷に近く、かつ川幅の狭い横川を眺めたところで仕方がなく、さらにそぞろ歩いて大川の河岸に落ち着いたのであった。

——面倒だなあ……。

逸朗は渋々と起き上がり、しかたなく口火を切った。

「さて、いかがする?」

ひとまず話を転がしてみた。

さすれば、どこかへ行き着くかもしれぬ。文殊の知恵には及ばないにせよ、頭数だけは六人もいるのだ。

雉朗は長草を口に咥えて無頼を気取り、左武朗はどこかで拾った天秤棒を木刀がわりにふりまわしていた。

　刺朗は膝を抱えて不穏な呪詛をつぶやいている。

　呉朗は虚ろな眼で天を仰ぎ、硲朗に至っては長閑に寝息をたてていた。

　それぞれ思い思いに浮世の悩みから逃避していたのだが、逸朗の問いかけによって、これも嫌々ながら愚鈍な顔をむけてきた。

「いかが、とは？」

「なにがだ？」

「つまり、どういうことだ？」

「えっ？」

「お、おう……」

　などと舌を短くしている。

　逸朗は言葉を重ねた。

「葛木家の跡継ぎは定まっておらぬ。乱世が到来したのだ。ゆえに、改めて問う。我こそは相応しいと思う者は名乗り出よ」

「ならば、身共しかないか」「なんの、拙者が」「しかたがない。わしが継ごう」「いやいや、わたしが」「てやんでえ、おいらだって！」

　座敷牢を怖れ、五人とも手を上げた。

足りねえ」

「雉朗では貫録が足らん」「左武朗は思慮が足らぬのう」「刺朗は我慢が足らぬ」「呉朗は徳が足らんのじゃ」「碌朗は礼儀が足りません」「へへっ、逸朗兄なんざあ、おつむが足りねえ」

兄弟だけに、互いの瑕疵は熟知している。味方にしても役には立たないが、敵にまわせば面倒であった。ひとりが突出しても、他の五人が足を引っ張る。助け合おうという麗しい心はどこにも見受けられなかった。

——そも、いかにすれば跡継ぎに認められるのやら……。

むろん、父御の胸三寸であろう。が、いざ選ぶ段になったところで、なんとなれば六ッ子には莫迦しかそろっていないのだ。

——おれが一番まともなのであろうなあ。

などと逸朗は吐息をつくのだ。

「なかなか心をひとつにはできぬものだな」

「六人もおるからの」

「ふたりほど減らせぬものか」

「みなごろしにすれば、ひとりは残る」

「刺朗の兄上は、ひとりで座敷牢へ入っていなさい」

「へっ、そいつぁいいや」

「待て待て。埒（らち）があかぬものはしかたがないのだ。ここはひとつ考えの根元を見直してみようではないか」

「長兄よ、どういうことだ？」

「なによりの大事は、座敷牢を避けることであろう」

他家のことであれば、ただの脅しとも考えられるが、あの狐狸夫婦にかぎっては、ずんと本気であろう。

「むろんじゃ」「申すまでもなきこと」「逸朗兄のくせにまともなことを」「おう、まだるっこしいことは抜きにしてくんな」

「だから、聞け」

逸朗は頭を必死に働かせた。

「ひとりは葛木家を継ぐ。それはよいな？　では、残りの五人はどうするべきか？」

「ふむ……」

雉朗は眉を寄せて思案顔になった。

わかったふりをしているだけで、なにもわかっていない。左武朗と刺朗と碌朗も、そろって似たようなものだ。

利に聡い呉朗だけは察したようであった。

「それは葛木家を出るということですか？」

「たしかに武士をやめるのも一手じゃな」

「こだわるほどの家格ではないわ」

「五人とも出ることはないのだ。ひとりやふたりならば、狸や狐とて座敷牢へ押し込めるのは許してくれるのではないか？」

「なるほど」

「では、養子の口を探すのか？」

「『小糠三合あったら養子にはいくな』とも申しますがね」

碌朗が賢しらを口にした。

小糠とは、玄米を搗いて白くするときに出る粉のことだ。わずかな蓄えの意で、さらに『小糠』は、婿に来『ぬか』と掛けている。

婿養子に迎えられたとしても、家付きの嫁には頭が上がらないものだ。嫁には威張られ、舅には気遣いで心をすり減らし、姑からは苛められることになる。考えただけでも胃が軋む有様だ。

「良き家を探せばよいだけのことよ」

「座敷牢よりはよさそうじゃ」

「たやすく申すが、武家の世間も狭いものだ。我らの放蕩無頼は、江戸市中に知れ渡っているのではあるまいか」

「父上の遠戚にあたってもらうのは？」

「当家に養子の口を頼めるほど親しき遠戚などおらぬ。なにをしでかしたか、親父どのは一族から絶縁されておるそうだ」

「まったく、なにを仕出かしたというのか」

「役に立たぬ狸よ」

「近隣との付き合いもありませんからね。それゆえ、微禄の子だくさんでも当家はなんとかなっているのですが」

武家は見栄の張り合いである。家禄が上がれば実入りも増えるが、それだけ体面を保つために金銭を費やさなくてはならない。

それもあって、

――やはり、武家は面倒だなあ。

嫁などいらぬ。

結納だの婚姻だの、面倒なだけである。

部屋住み。冷や飯食い。

結構なことだ。

逸朗は愚弟のどれかに家督を押しつけ、だらだらと遊び呆けられぬものかと企みを巡らせていたほどだ。

厄介と蔑まれようが、穀潰しと疎まれようが、いまの気楽さには替えがたい。手放すことを考えただけでも苦痛であった。食と寝床だけせしめて、ささやかな家禄のおこぼれにしがみつく不退転の覚悟はある。

とはいえ――。

座敷牢だけは、なんとしてでも避けたかった。

「愚弟どもよ、もっとも大事なことは、ひとりひとりの望みではなかろうか」

「望み？」

「何者になりたいのかよ。先にも問うたではないか。おれは皆に気宇壮大な夢を吠えてもらいたかったのだ。空言でも大ボラでもよい。吠えれば吠えるほど心持ちは大きく膨らむ。それでこそ、世知辛い浮世を生き抜けるというものではないか」

ところが――。

役者、日本一の剣士、猫、勘定奉行――それから遊び人ときた。

器量が小さければ、夢さえ粗忽になる。

刺朗にいたっては、武士どころか人であることさえ諦めたいらしい。

猫は良い。

悪くはない。

逸朗にしても、なれるものであれば大尽の家に飼われ、縁側で日向ぼっこをしながら安逸な生涯を送りたかった。

　だが、猫が人に化けることはあっても、人は猫にはなれまい。仮になれたとしても世知辛いご時世だ。猫でも働かねばならぬかもしれない。ならば、美猫だけを集めた遊廓で豪商から小判を貢がれる身分に……。

「兄上？　どうされた？」

「いつもの癖よ。いきなり魂が抜けたようになんのは」

「殴れば覚めるか」

「そういえば、兄者は神田の八ツ小路でおにぎりを咥えた愛らしい女子とぶつかりたいなどと戯けたことをほざいておったな」

「う……あれは、ほれ、照れ隠しの戯れ言よ。まことの夢は、むろんあるぞ。それはもう、男として追うに足りる壮大な夢がな」

「だったらよ、とっくりと聞かせてもらおうじゃねえか。ええ？　そりゃあ、たいした夢なんだろうぜ。どうなんでえ？」

「う……」

　逸朗は、そのとき脳裏に稲妻が迸った。

　そうだ。そうなのだ。

　諦めることはないのだ。

人は望みさえすれば成ることができる。そのはずだ。武士という身分を捨て去れば、まだ見ぬ地平が行く手にはひろがっている。

なぜ、そこに思いが至らなかったのか？

なぜ、百数十坪の屋敷で満ち足りていたのか？

一念発起すれば、どこまでもいけるはずだ。人の歩む道先に果てなどないのだ。

「おれはな……」

にやり、と逸朗は笑った。

「戯作者になろうと思う」

おおっ、と五人の愚弟はどよめいた。

三

そうと決まれば、おのずと成すべきことも定まる。

役人は役職を求め、漁師は魚を獲る。

役者は役を得なければ、そして遊び人は遊ばなければならない。

戯作者とならんと欲すれば、まず戯作をものせねばならぬ。自明の理である。売るものがなければ何事もはじまらないのだ。

　六ツ子は本所外れの屋敷に戻った。

　逸朗は紙を敷き、筆を手にとった。

　ところが――。

「武士の戯作者は多い。逸朗兄にしては、よく考えたものよ」

「だが、弾圧も多いぞ」

「なに、幕府を怒らせず、町人を喜ばすものを書けばよいのだ」

「ええ、怒らせてはいけません。笑わせなければ」

「娯楽じゃ娯楽じゃ」

　などと、五人の愚弟どもが後ろで無駄口を垂れ流している。先行きへの不安で気が高ぶって、ひと眠りするどころではないらしい。

「おお、もう半刻は過ぎたか」

「で、どうだ？　兄者、どんなものを書いておるのだ？」

「うむ……」

　いざ傑作をと気張ってみたが、この半刻というもの、逸朗の筆先は不動金縛りの術にかかったがごとく微動だにしていないのだ。

　暇に溺れて妄念に浸ることは得手ながら、本身を入れて話の筋をひねり出さんとすれば、どうにも勝手がちがって頭が働かぬ。

　厭な脂汗が、じわじわと背中にひろがっていく。

「それにしても、父上は……」

　逸朗は筆を耳に挟むと、白い紙に毅然と背をむけた。

「父上は、この期に及んで、なにゆえ跡継ぎの件をひっくり返したのであろうなあ」

「今更よ」

「我らは見捨てられたのだ」

「まあ、父上も隠居してもおかしくはない歳ですし、上役にせっつかれて、急ぎ跡継ぎを決めねばならぬのかもしれませんが……しかし、兄上、それはいま考えねばならぬことですか？」

「おうおう、筆がすすんでねえじゃねえかよ」

「いや、ちがうのだ。そうではないのだ。戯作は書くが、どうにも父上のお考えが気になってしかたがないのだ」

　気になるというより、気が散っているのだ。

　だが、逸朗はもっともらしい顔を崩さない。

「もしや……と思うてな」

「もしや、とは？」

愚弟たちは怪訝そうに顔を見合わせた。

「いや、おれは案じておるのだ」

逸朗は、さらにもったいぶって腕を組む。

「もしや、じつは、真実のところ、我らは貴き御方のご落胤だということはあるまいか？それを知った黒幕が陰謀をめぐらせ、我らの命を狙うことを怖れた父上が、跡継ぎの一件にかこつけて策を弄しておるのでは……」

「陰謀とは？」

「黒幕とはなんじゃ？」

雉朗と左武朗の顔が困惑にまみれている。

「うむ、たとえば、我らが南北朝の後胤であることが公儀に露見したとかだな」

「南北朝とはなんじゃ」「南か北かはっきりせい」「かつて朝廷が南北に分かれていたときがあったのですよ」「いつのことじゃ？」「五百年は昔かと」「なんでえ、いつもの与太話かよ」

逸朗は与太話をつづけた。

他に道はなかった。

葛木家を放逐され、戯作者にもなれないとすれば、与太という与太を吐き散らして浮世を埋もれさせるしか手はないではないか……。

「よし、わかったぞ。父上は武田信玄公のひそみに倣って、我ら六ッ子を影武者として用いんと密謀を企て……」

「我らは我らの影武者にしかならんわ」

「ならば、妖怪の所業としよう。狐狸の妖怪に憑かれた夫婦が、善良なる六ッ子に害を為さんとして、無理難題をふっかけてきたのだ」

「所業としよう、じゃねえやい」

「妖怪に謝れ愚兄」

「成敗するぞ愚兄」

「ならば、ならばだ……」

「話が寄り道ばかりじゃのう」

「寄り道どころか迷い道よ」

「おい、兄者の様子がちと妙ではないか？」

「いつもの逸朗兄ではないか」

「これはあれですよ。ほら、学問所に通っていたころ、兄上は試験の前の日になると、よく部屋の掃除をはじめたではありませんか」

「ああ、埃がたつばかりで迷惑千万だったな」

「戯作の筋が浮かばずに追いつめられたのでしょうね」

「う、うう……」

　急所を突かれ、逸朗の額に熱い汗が噴いた。

「長子ヅラしてる癖に気が弱えんだよ」「太平楽なようで神経が細い」「はやくも才が枯渇しおったか」「情けねえ」

　誹謗中傷が六畳間に飛び交った。

「いやいやいや、待て待て待て」

　逸朗は追い込まれ、脳裏の妄念が疾走する。

　はた、と新たに閃くものがあった。

　虚無から筋をひねり出すのは至難の業だ。みずからの血肉を材料としたほうが、妄想も捗ろうというものであった。

「つまりな、これも戯作の筋立てなのだ」

「そりゃあ……ずいぶん突拍子もねえ」

「突拍子もないほうが町人どもは喜ぶであろう。ならば、このような筋はどうだ。黒船の異人が江戸に攻めてくるのだ。異人どもを裏でそそのかす黒幕がおったほうがよいな。金星人よ。明けの明星より下り来たる異形の天人だな。外面は天狗のごとし。羽根を生やし、くちばしを尖らせておる。金星人はエレキテルの痺れによって異人を操っておるのだ。危うし江戸！　しかも、それだけではないぞ。品川の港には、異国の難破船に乗った化け物が検校に扮して江戸の町民を襲って人の生き血をすすり、さらには蛸の皮をかぶった異人どもが暴れるのだ。そこへ、貴き血筋の若武者が、日ノ本を放浪して味方につけた妖怪どもを率いて立ち上がり……」

逸朗の口先は止まらなかった。

──おおっ、いくらでも筋が湧く！

かっと眼を剝き、天を睨み据えている。この世に生を受けて、これほど冴えているのは初めてのことだ。頭の芯が熱く、ぶんぶんとうなりを上げていた。妄念の大洪水で、異様な昂揚に襲われていた。

「なんと奇態な」

「狐でも憑いたような」

「成敗せねばならんか」

「ともあれ、戯作は書けそうだ」

「呉朗、祐筆せよ」

「いや、兄上が早口すぎて追いつきません」

「ええい、それもまだるっこしいや」

「よし、このまま地本問屋へ連れていこう」

「たしかに、手より口のほうが早かろう。地本問屋の主人に聞かせ、もし面白がれるようであれば、それを書かせればよい」

「辻駕籠でも呼ぶか？　なにしろ戯作の先生だ」

「金子がありません」

「我らが担げばよい」

「どこで駕籠を借りる？　ほれ、先の月のことじゃ。大徳院の門前町で、酔って駕籠を借り受けたことがあったであろう」

「あれは楽しかった」

「楽しくはない。わしは駕籠の中で吐いたのだ」

「刺朗よ、おぬしが吊り紐をしっかりと握っておらぬからだ。おかげで、浅草の早駕籠に負けてしまったではないか」

「勢いがつきすぎて、駕籠を池に落してしまったからな」

「わしは溺れかけたのだ」

「駕籠が沈むより先に助けたのは我らだ。そのあとも巧く逃げたではないか」

「逃げたつもりでも、むこうは覚えておるわ」

「我らが駕籠を借りずとも、安吉か鈴に借りさせればよいではないか」

「よし、すぐに呼ぼう」

「呼ばずとも、下におる」

「下？　左武朗、どういうことだ？」

　左武朗は立ち上がると、いきなり障子を開け放った。ずんと濡れ縁へ歩み出て、だん、と足を踏みならした。

「安吉、出て参れ」

　他の兄弟たちが驚いたことに、

「……よくお気づきで……」

　と安吉が濡れ縁の下から姿をあらわしたのだ。

「そのようなところでどうしたのだ？」

「いえ、縁の下に鼠が巣を作っていやして……」

　老いた下男は恐れ入ったように頭を低くした。

「まあよいわ。逸朗兄を運ぶものを見つけてくれぬか」

「はあ……」

　六ツ子たちが屋敷の外で待っていると、

「へい、このようなものしか見つかりやせんでしたが……」

　安吉が運んできたのは、藁縄を編んだ二畳ほどの網と二本の担ぎ棒であった。

「モッコか」

網の四隅を棒にくくりつけ、土や石などを運ぶ道具であった。

「戸板よりはよいかの」

「よいさ。乗るのは逸朗兄じゃ」

「うはは、『おだてとモッコは莫迦が乗る』と申すしな。兄者にふさわしい乗り物だ。いっそ派手にゆこうぞ」

弟たちは速やかにモッコを組み上げた。長子を網に乗せて、よいせっ、と棒の端を四人で担ぎ上げる。

「……しかし、妖怪たちは次々と討ち死にを遂げ、それでも英雄の若武者は日ノ本を異人より護らんと朝廷の威光を頼り……」

逸朗は、いまだ妄想の泉が止まっていない。血走った眼で遠く空を睨み据えながら、果てのない空言をつぶやきつづけている。

「だが！　異人の繰り出す奇怪な砲火になす術もなく、矢尽き刀折れ、なんたることか日ノ本は灰燼に帰してしまった。ところが英雄は不屈である。天狗界へと至りて時を遡り、異人との戦を幾度でも仕切り直さんと……」

えっほ！　えっさ！

モッコは両国橋を渡っていく。

先を歩く碌朗が、大団扇をふりまわして踊った。

「さあさ、どいたどいた！　本所外れの戯作者さまのお通りでい！　大莫迦さまのお通りだ！　どいたどいたぁ！」

四

稲荷神社の境内で、五人の弟たちは吉報を待っていた。

「……ずいぶん待たせるのう」

逸朗が地本問屋に入ってから、すでに半刻は経っている。

「いっそ、我らで殴り込みをかけるか？」

「よせ、道場破りではないのだ」

「駄目であれば腹を切らせよう」

「やはり、我らもいったほうが賑やかでよかったかの」

「しかたない。兄者がひとりでいくと意地を張ったのだ」

「逸朗兄め、いざとなると怖じ気づく男だからのう」

「気が小さいのだ」

「器も小さいわい」

好き勝手な雑言を並べている。

逸朗は地本問屋を裏手からこっそり抜け出すと、愚弟たちが待つ境内へ忍び寄って聞き耳を立てていたのだ。

器が小さく、気も小さいからだ。

賑やかに囃されて意気揚々と地本問屋へ乗り込んだだけに、正面からは出るに出られなかった。長子としての体面もある。とはいえ、いつまでも聞き耳を立てているわけにもいかなかった。

「したが、こたびばかりは長兄を見直した。虚けを吐くだけの男かと思うておったが、空言も金子に化けるとなれば莫迦にはできん」

「おう、我らで月見をしたときのことよ。あの男が大口を開けて満月を見ながら、月人は美女が多そうだとほざくのを耳にしたときには、これは正気ではないとわしの心胆さえ冷えたものだが……」

「我ら兄弟の魁よ。幸先が良い」

「武家を捨て、町屋に住み着くべし」

「山伏となれば、全国を旅してまわれるのう」

「左武朗兄、修験の道は厳しいらしいですぞ」

「寺はどうだ？　少なくとも飯と寝るところは困らぬ」

「寺では気軽に出歩けぬが、寂れた寺に潜り込んで生臭坊主になればよいか」

「浪人も一興」

「町人になるのもよい。なんとでもなるわい。日銭を稼ぐだけなら、これまでもやってきたことだからのう」

「我ら兄弟の力を持ってすれば、なにほどのこともない」

「おう！」「まさしく！」「ですな！」「げにげに！」

愚弟どもの意気は天を衝かんばかりであった。

逸朗は、いよいよ出ていきにくくなった。

「だが……我らは、まことの六ッ子なのであろうな」

雉朗が、ぽろりとつぶやいた。

残りの四人は、なんとなしに互いの顔を眺めた。

「たしかに顔立ちは同じだが、面妖といえば面妖」

「親父どのが不義でもしでかしたのではあるまいな」

「五人の女子とか？」

「あの狸ヅラでか？」

「親父どの、やりおる」

「決めつけるでないわ」

「だが、親父どのの仕業でないとすれば……」

「もしや、あの牝狐……」

「待て！　その詮索は我等の命にかかわる」

葛木家を支えているのは母御である。

飯を食わせ、着物をあつらえ、なにからなにまで六人分の手間だ。元服まで六人同時であり、費えがかさんで仕方がなかったはずだ。息子としては頭が下がるばかりで、一寸たりとも上げられはしない。

「掘り下げまいぞ掘り下げまいぞ」

「げにげに……」

五人は神妙な顔で口を閉ざした。

ここぞっ、と逸朗は出ていった。

「み、皆の者……待たせたな」

「おお、兄者か」「ようやく出てきおったか」「なぜ、そのように横合いから？」「で、どうだったんでい？」

「うむ……」

逸朗は口ごもり、悄然とうなだれた。

頭がずんと重く、なにも思索がまとまらない。もはや空元気さえ尽き果てて、ぐったりと身体が疲労していた。

　愚弟どもと眼を合わせることさえ辛い。

「……本所へ帰ろう」

　くるりと背を向け、逸朗はひとりで歩きはじめた。

「駄目であったようだな」

「しかたあるまい」

「切腹は勘弁してやろう」

「あえて問うこともありませんね」

「てやんでえ」

　五人の弟も後ろをついてきた。

　夕暮れである。

　とぼとぼと屋敷への帰途をたどっていく。

　馬喰町を抜けて広小路に入り、さらに両国橋を渡った。

　があっ、があっ、と烏が鳴いた。

　逸朗も泣きたかった。

　モッコに乗っているときには、異様なほど昂揚していただけに、その大きなふり幅によって、無残に打ちのめされている。

──もしや、おれが一番の莫迦なのでは……。

衝撃であった。

地本問屋の主人は、商人だけに対応こそ丁寧であったが、その眼差しは冷ややかであった。逸朗のひねり出した筋立てが突拍子もなさすぎると両断し、出直してきなさい、とやんわり追い返したのだ。

茶さえ出なかった。

落ち着いてみれば、まさに一言もない。

娯楽は絵空事でもよい。嘘でもよい。

大げさな法螺話を楽しむものなのだ。

とはいえ──。

金星人だの火星人だの、愚劣なうわ言だ。

客を楽しませるための巧妙な絵空事ではなく、おのれで悦に入るだけの莫迦話を吐き散らすだけでは、玄人の戯作者にはなれまい。酔わすのは客だ。戯作者が身勝手に酔ってどうしようというのか……。

両国橋から飛び降りて、そのまま海へ流れてしまいたい。海は良い。どこまでも広大で、うねる波はいつまで眺めても飽きることはない。

魚になりたい。でなければ貝になりたかった。

「貴兄、そう気落ちするものではない」

「兄者よ、勝つばかりが人の道ではないぞ」

「なに、わしらは穀潰しではないか」

「兄上だけが名を上げても、我らは惨めにとり残されるだけですからね」

「へへっ、そりゃたまらねえ。なあ、あの与太話は書き残しておきなよ。そのうち、なにかの役に立つかもしれねえ」

「そうだな……」

「ははっ、当家の長子が莫迦でよかった」

「うむ、天晴れな莫迦よ」

「莫迦でよかったのう」

愚弟どもに慰められ、

「ぐっ……」

不覚にも、逸朗は涙ぐんでしまった。

夕陽が眼に染みる。

莫迦だ。莫迦でよい。莫迦でいよう。

莫迦は莫迦にこそ優しくなれるのだ。

「……蕎麦でもたぐっていくか。おれの奢りだ」

「うむ、食うか」

「奢るほどの金子はあるまい」

「見栄を張るな見栄を」

「まあ、よいではないか」

六ツ子たちは、河岸の屋台で仲良く蕎麦をすすった。

五

逸朗が逃げ去ったあと——。

「よう、先の武家はなんだったんだい」

地本問屋の奥から町人体の男が出てきて、主人に気安く声をかけた。

「おや、聞こえてましたか」

「あんだけの大声だ。いやでも耳に入ってくるさ」

「なに、よくあることですよ」

主人は苦笑した。

「勘違いされたお武家さまが、箸にも棒にもかからない筋を得意げにまあ……ええ、さっさとお帰り願ったところでございます」

「駄目だったのかい？」

「はい、人気戯作者のあなたにとっては、さぞやお耳汚しでしたねえ」

戯作者は、こきと鳴るほど首を傾けた。

「まあ、十年……いや、百年は早えか」

「まったく、さようで」

「そうじゃねえ」

「へ……」

「江戸の町人が、あの趣向を解するまで、まだ百年はかかるってことさ」

「はあ……」

主人は解せない顔をした。

「そりゃあ、あんたの見立て通り、あれは底の抜けた柄杓よ。穴の空いた瓢箪さ。すべてが駄々漏れで、どうにもならねえ。心の闇がねえ。筋立てに溜めもない。莫迦だ。武士のくせに底抜けの大莫迦よ。だがよ……」

「なんです？」

「莫迦といやあ、これぞ江戸っ子さ」

「はあ、五月の鯉の吹き流し、口先ばかりで腸はなし……ですか」

「そうよ。吹き流し鯉ってなあ、底に大穴が空いているからこそ、どこまでも大空を舞っていけるんじゃねえのかい？　ええ？」

どこまで本気なのか――。

呆れ返る主人をよそに、人気戯作者は愉快そうに笑った。

「ともあれ、あのような与太を草紙にするわけにはいきませんな。御公儀に見咎められたら、あたしがお縄になりますよ」

「政道への批判は、戯作であってもご法度だからなあ」

「そうですとも。おお怖い怖い」

「しかし、あれほど危うい莫迦を放っておくのも剣呑かもな」

「はあ……」

「こちらから役人に報せて、手柄とするのも一興か……」

「え？」

「いや、こちらのことよ。ふ、ふふ……」

第二幕　雉朗の莫迦

一

――武士とは……。

否。

――漢とは！

爽やかな笑みを口元に浮かべながらも、生き馬の眼を抜く辛い浮世をしなやかに駆け抜けていく――そう、優美な一輪の華であらねばならぬ。

雉朗は、そう信じている。

葛木家の次男として生を受け、虚けの長兄や愚弟どもに囲まれても、漢を磨くことを忘れることはなかった。

ならば――。

漢を磨くとは、なにを差すのか？

愚問である。

けして心胆を磨くということではないのだ。

しからば、武芸を磨くのか？

武士の本領とは、たしかに武の力であろう。が、考えてもみよ。太平の世に、武を発揮する機があるというのか？

どこにもないのだ。

よしんば、いざ戦が起きたとしよう。

当世の武士に戦う気魂があるのか？

雉朗には、なかった。

痛いのは厭だ。血や傷は拝みたくない。刀や槍の切先をむけられただけで、尻の穴はすくみ上がり、恐怖で漏らしてしまうやもしれない。そのような恥辱をさらすのは、御免こうむりたかった。

では、なにを磨く？

外見だ。

見栄えしかない。

いかに格好をつけ、いかに綺羅々々しく生きるか。そうでなければ、この世に生まれた甲斐がないではないか。

無念至極なことに、跡継ぎ争いを父より下命されたことによって、雉朗も格好を磨いてばかりもいられなくなった。

長兄に野暮と面倒を押しつけ、優雅に無為を貪ろうという深謀遠慮が、これで水泡に帰してしまったのだ。

父を継ぐとなれば、小普請組に入ることになろう。

普請とは建物などの修繕を為すことだ。が、武士に職人の技能はない。幕府は無役の者をまとめて小普請組へと放り込んでいるだけなのだ。

しかし、どのような役職とはいえ、自分の見事な漢ぶりを上役が見逃すはずもない。たちまち頭角をあらわすであろう。

それは困る。

大事な役目を与えられ、あくせく働かねばならなくなってしまう。

武士たるもの泥臭いことをしてはならぬ。

穀潰しは働いたら負けである。

だが、座敷牢も厭だ。

気ままに町を出歩けなければ、人に見られることもできない。見られなければ、どうやって目立てばよいというのか……。

他家の養子となっても同じことであろう。瞬く間に出世を遂げ、しなやかに幕政の頂へ駆け抜けていくはずだ。

——困ったものよのう。

才あふれた我が身が厭わしい。

ともあれ——。

武家の身分は、ひとまず捨て去るしかなさそうであった。

二

「呉服屋の娘が美人と評判であったのでな。婿入りしたいと申し出たところ、法外な持参金を求めてきおった」

「厄介払いのお代がなければ、先方も勘定が合うまいよ」

「そちらは湯屋をあたったのだろう。どうであった？」

「湯屋のように卑しき稼業は、あなたさまにはもったいないと申されてな」

「解せぬな」

「女の裸に貴賤などなかろう」

「体よく追い払われただけですよ」

「だが、番台の座は惜しかったな」

「もったいねえもったいねえ」

ひとりの愚兄と四人の愚弟どもが、六畳間で焦燥に焼けた顔を寄せ合って益体もないことを口々にさえずっていた。

武家に未練はなく、町人として生きる方策を求めて市中を駆けずりまわっているようだが、その首尾はさんざんなようである。

穀潰し筆頭の長子がぼやいた。

「どこかにないものかのう。仕事が楽で、たっぷり小遣いをもらえて、好きなときに昼寝のできる婿入り先が……」

あるはずがない。

武士とは、戦がなければ能無し猿だ。

米を作れるわけでもなく、職人のように柱の一本も建てられない。扶持をもらって威張り返るだけでは、町人どもから莫迦にされてもしかたがなかった。

——まあ、よいではないか。

外見のみの張りぼてでもよいのだ。

ただ美しくあればよい。

腰の刀も飾りだ。

抜くことはできても、人を斬るわけにはいかない。無体にふりまわせば、それだけで罪に問われて切腹となる。

だから、葛木家の兄弟は竹光を差していた。本身は重く、邪魔であり、歩くだけで疲れるのだ。飾りなのだから、なんでもよいわけだ。

「ところで――」

左武朗が、奇異な眼で雉朗を見た。

「雉朗の兄者は、なにを気取っておるのだ？」

「ああ、傾奇者（かぶきもの）を気取っておるのだろう」

虚けの長兄が白けた顔で答える。

雉朗は、部屋の隅で片膝をつき、ごろりと寝転んでいた。

草色の着物に皮袴をはき、女物の浴衣をはおっている。皮袴は、擦り切れて斑に禿げた毛皮で、あちこちに穴が空いている。古着屋で、もはや捨てるしかないものをもらったのだから、文句をつける筋ではない。

浴衣は、下女の鈴に借りようとしたら叱られたので、母のものを黙って持ち出した。艶やかな色がよかったが、布地は渋く柿色に染められている。

さらに、雉朗の頭は荒縄で縛った茶筅髷（ちゃせんまげ）だ。

佩刀（はいとう）も、白柄、角鍔、朱鞘と凝っている。

中身は竹光ながら、柄は一尺と長く、鞘が三尺ある。しめて四尺だ。

総じて、奇態な格好である。

兄弟たちも、それを雉朗に問いただすべきかどうか、見て見ぬふりをすべきかどうか、ずいぶん迷っていたようだ。

「なるほど。傾奇者でしたか」

呉朗は得心したようであった。

「奇に傾くと書く傾奇者だ」

「なるほど。わからぬ」

と刺朗は力強くうなずいた。

逸朗は苦笑した。

「たしか、寛永のころまでの流行りだな。異風で派手な身なりを好み、常軌を逸した乱暴者の生き様よ。歌舞伎の〈鈴ヶ森〉は知っていよう。四代目の鶴屋南北が筋をものしたやつだ」

「俠客の幡随院長兵衛が出てくる演目ですね」

「それだ。その長兵衛を斬った卑怯者の水野十郎左衛門も傾奇者よ」

「武家の破落戸か」

「無頼を気取っただけか」

「寛永とは、いつごろのことじゃ？」

「二百年は昔であろう」

「なんと古風な」

「当人は粋なつもりらしいぞ」

「粋というより、目立つことが好きなのだな」

「声高にはできぬが、兄者が血迷うたかと思ったぞ」

悪評ふんぷんである。

雉朗は、それでも不敵な微笑みを浮かべた。

ぷかり、と長煙管から煙を吐く。流し目を送りながら、気怠く身を起し、傍らの三味線を抱き寄せた。べよん、と指先で弦を弾いてみせる。

「三味線なら、おいらのほうが上手いぜ」

「雉朗兄、聞くに堪えぬ詩吟をうなるのは勘弁じゃ」

察しの悪い兄弟どもであった。

「我が同胞よ、ずいぶん迷っておいでだな」

雉朗はあくびを漏らしてから、ゆらりと幽玄のごとく立ち上がる。

立ち上がるや、両手をひろげた。はおった浴衣をひらめかせながら、ととんっ、と六法を踏み、眼を剝いて見得を切ってみせる。獅子のカツラをかぶっていれば、思いっきりふり乱していたところだ。

「錯乱者め」

「虫ずが走るわ」

「傾奇は傾奇でも、歌舞伎役者でも目指したらどうじゃ」

「それよ！」

と雉朗は莞爾として笑った。

五人の兄弟たちは愚鈍な顔を見合わせた。

「この格好には子細がある。そういうことじゃ」

「なにか策でもあると？」

「聞こうではないか」

うむ、と雉朗は胸を張った。

「身共は役者になるつもりじゃ」

三

芝居町といえば、浅草の猿若町である。

漢が傾くのであれば、小屋掛け芝居では締まらない。もっと大きく見栄を張らねばならない。頂を目指すには、やはり三大一座のどれかであろう、と雉朗は鼻息も荒く乗り込んだのであった。

そして……。

「さもありなん。さもありなん」

「兄者の行く末が砕けおったか」

「無残よの」

「哀れですな」

「おう、誰か慰めてやんな」

六ツ子たちは、浅草寺の表参道で茶屋に入ってくつろいでいた。

雉朗は、茶屋の奥に引きこもっていた。できるだけ隅っこで、床几から尻が落ちそうなほど端に座って悄然と肩を落としている。

その眼は虚ろだ。

そして涙眼であった。

三大一座に乗り込み、ことごとく追い返された。

これでも武家の端くれだ。無礼に門前払いされたわけではない。が、丁重に、慇懃に、冷ややかな薄笑いとともに追い払われたのだ。

道化役者である。

　否。

　役者ですらなく、ただの道化であった。

　総身が厭な汗で濡れている。傾いた格好をしているだけに、ことさら恥ずかしさに苛まれる。すかされた意気込みが我が身へ跳ね返り、自尊と虚栄がくるりと裏返った。穴を掘って潜り込み、土をかぶって埋まりたかった。

　それでも、

「ふん……身共の才を見抜けぬとは愚鈍な座頭どもめ」

　と雉朗は強がってみた。

「役者の天稟（てんぴん）がないことはあきらかであろう」

「なぜ天稟があると思えたのかのう」

「地に足がついておらぬのだ」

「痴れ者ですな」

「へへっ、こうなることたあわかってたぜ」

　非道な兄弟どもは、斟酌なき言葉で雉朗を打ちのめしてきた。老人のように背を丸め、両手で顔をおおうしか雉朗に堪える術はない。

　しかしながら、と呉朗が擁護にまわった。

「役者に才など要らぬという話も聞きますよ」

「どういうことだ？」

雉朗は、そっと顔を上げた。

「幼きころより芸を叩き込むゆえに役者は上達するのだとか。名人の子であろうと、他の子供と比べて、さして才に差はないようで」

「芸の道とは厳しいのだな」

と逸朗が、したり顔でうなずいた。

「はい、他人の子に教えようとしても、親からの文句を怖れて、どうしても修業が手ぬるくなるとか。つまり、我が子なればこそ、遠慮なしに厳しく修業させることができる、ということのようで」

「兄者も役者の家に生まれればよかったということか」

「どこに生まれようが、莫迦は莫迦ではないか」

「げにげに」

生まれでは、どうしようもない。

ふたたび、雉朗は両手で顔をおおい隠した。

「身共の苦しみなど、おのれらにはわからぬのだ」

「兄弟だけに、かえってわからぬのかもしれぬな。人は我が身の鼻毛が伸びておるかどうかも見えぬものだ」

「なれば、他人の評であればよいのか？」

左武朗が首をかしげ、あらぬところへ声を投げた。

「鈴よ、いかが思う？」

「左武朗、どこに鈴がおる？」

「ほれ、そこじゃ。出てくるがよい」

兄弟たちが驚いたことに、茶店の物陰から鈴がひょこりと顔を出した。町の小娘らしい紅葉柄の着物をまとっている。

「……どうして、わかったのですか？」

「匂いでわかるわい」

「犬のような若様ですね」

気付かれて不満なのか、可愛らしく頬を膨れさせている。

「若様ではない。兄様と呼べ」「いつもながら、じじいに似なくてよかったのう」「鈴よ、そのようなところでどうしたのだ？」「母上に見張りでも命じられたか？」

「あ、はい……」

「まあよいわ。我が心の妹よ、いかが思う？ そこに隠れておったのであれば、話は耳に届いておったのだろう。忌憚なく申せ。雉朗めに役者の才などという身に余るものはあると思うか？」

　と逸朗が訊いた。

「はあ……」

　鈴は、横目でちろりと雉朗をうかがった。つぶらな眼が泳ぎ、桜の花びらのような唇は生ぬるく半笑いを形作った。

「ほれ、我が妹もないと申しておる」

「いえ、妹ではありません」

「な、なにも申しておらぬではないか」

「はい、申しておりませぬ」

「だが、半笑いじゃ」

「はい、半笑いです」

「眼も泳いでおったの」

「あの、雉朗さまは、役者になりたいのですか？」

　ううっ、と雉朗はうなり、なりたいっ、と声を限りにふり絞る。

「でも、どうして役者に？」

「ぬう……」

　無垢な瞳で問われ、雉朗は無残に追いつめられた。

ここで口を閉ざしては、みずから不格好な漢だと認めるようなものだ。今こそ格好をつけるときではないのか。唇を嚙み、天を睨み据えた。粋な台詞を吐かねばならぬ。肩がふるえ、膝の上で拳を握った。

「身共は目立ちたいのじゃ！」

あんれ、と鈴は大きな瞳を見開いた。

「童のごとき無垢な本心をぶちまけおったぞ」

「男泣きじゃねえかよ。みっともねえ」

「魂の吠えたることよ」

「なんと不憫な」

「げに……」

「いっそ腹でも召せば楽になるのではないか？」

「よし、介錯ばして進ぜよう」

兄弟たちの追い討ちに、雅朗の双眸から熱い悔し涙がほとばしった。

役者など浮き草稼業ではないかと莫迦にされれば、役者こそ武士の本懐じゃと錯乱した理屈で怒鳴り返す。阿呆じゃ阿呆じゃ、諦めよ諦めよ、と五つの口が声をそろえて罵ってくれれば、誰が諦めるものかと喚き返した。

醜悪だ。粋ではない。

　六ツ子の激しい争いに、茶屋の主人はおろおろと狼狽え、参道を往来する者たちは同じ顔と同じ声の詰り合いに啞然としていた。

「いっそ若様たちで一座を立ち上げては？」

　鈴の一言で新たな道が拓かれた。

　おおっ、と六ツ子たちは色めき立つ。

「なんと？　我らで？」

「さすがは鈴じゃ。我らの一座が人気になれば、家の跡継ぎで揉めることもない。皆で役者をやればよいのだ」

「評判となれば錦絵にもなろう」

「全国を旅して興行じゃ」

「銭の匂いがしますなあ」

「へへ、女子にも騒がれるんじゃねえのかい？」

　久方ぶりに、六つの心がひとつとなった。

四

本所に帰って、旗揚げの計を練ることになった。

「台帳（脚本）は逸朗兄に任せた。身共が目立てばなんでもよい」

「ふふ、おれは座付作者というわけだな。先に思案した戯作の筋を使おう」

「あれか……」

「安堵せい。長い芝居などできぬであろうし、筋の一部をつまむだけだ。しょせんは素人芝居だ。肩ひじ張ってやるものではない。それぞれが思いのままに楽しめばよいではないか。しくじったところで死ぬわけではない」

「まあ、任せた。身共は派手な芝居しかせぬぞ」

「人の話を聞かぬ愚弟よの」

「立ち回りとなれば刀がいるな」

刺朗が、眼を剣呑に光らせて佩刀の柄をいじっている。他の兄弟と異なり、この四男だけは本身を差しているのだ。

「うへ、穏やかじゃねえな」

碌朗が顔をしかめ、呉朗は小狡く眼を光らせた。

「真剣であればこそ、芝居にも身が入るというものですよ。常在戦場の心構え。武士として見上げたものではありませんか」

「うむ、刀こそ武士の魂である」

「なにが魂か。人斬り包丁が好きなだけではないか」

　じつに危ない弟だ。

「おい、ひとりくらいうっかり斬り殺されれば、まんまと跡継ぎがふたりは減るなどと悪辣なことを企んでおらぬだろうな？」

「え、いえ……滅相も……」

「呉朗めは、そういう奴であったな。ほれ、四年ほど前に我らが本郷家の娘に惚れたとき、おれたちを争わせて漁夫の利を得ようとしたではないか」

「まあ、我らは娘に嫌われておったがな」

「古い心の傷をむしってどうする。先を見よ、明るい先行きを。そもそも身共らの佩刀は竹光じゃ。わざわざ用意するまでもない」

「わしは木刀じゃ」

「左武朗、竹光と木刀の区別がついておるのか？」

「おう、ふりまわせば木刀のほうが強い」

「心得ちがいめ。武士は外見が大事ぞ」

「雉朗の兄上、それこそ心得ちがいでは？」

「おらあ、竹光さえ差してねえぜ」

「町人かぶれが。見栄を忘れるなど、武士の風上にも置けぬ」

座長気取りの雉朗は、活き活きと兄弟たちに指示を飛ばした。

「芝居道具などは、手先が器用な刺朗に任せよう」

「承知」

「呉朗、そなたは銭勘定じゃ」

「さて、木戸銭は何文にしますかね」

「お囃子は、おいらが三味線でやるぜ」

「派手に頼むぞ」

遊びとくれば、六ッ子たちの本領であった。

「よう、小屋はどこに掛けるんだ？　上野かい？　両国か？　それとも浅草の奥山にするかい？　客寄せもやんなきゃいけねえしよ、いっちょう一座の旗揚げをどっと噂でひろめようぜ」

「それについては、おれに良き案がある」

逸朗が、にたりと笑った。

「兄者、聞かせよ」

「浅草の三座に殴り込みをかけるのだ」

「なっ……」

兄弟たちは、眼を剝いた。

五

「客の入りはどうだ？」

「まずまずといったところよ」

楽屋の隙間から、六ッ子たちは客座を覗き込んでいた。衝立で仕切っただけの楽屋だから、六人もいれば足の踏み場もない。

上野広小路の片隅で、小屋掛け芝居をはじめることになったのだ。

遊びとなれば、六ッ子どもの段取りは素早い。

近辺から勝手に伐ってきた青竹を組み上げて、むしろを張った粗末な芝居小屋であった。風の強い日であれば、目隠しのむしろが暴れて吹き飛ぶ。青竹の柱も折れ崩れ、たやすく潰れてしまうであろう。

客座は二十人ほどしか座れない。

戸板を並べた舞台も狭いが、とりあえず花道は作られていた。

「芝居町の者もきておるようだな」

「浅草で見た顔がいくつも並んでおる」

「我らの罪なき悪戯が、よほど腹に据えかねたようだ。なんと心の狭い。どいつもこいつも眼を血走らせて睨んでおるわ」

三日ほど前に、浅草三座への殴り込みを決行したのだ。

立派な檜の大舞台で、芝居も佳境を迎えんとしたときだ。客座から般若面をかぶった異装の六人衆が躍り込んだ。雉朗が主役を竹光で斬ると、五人の兄弟たちも浅草役者を斬りまくった。

珍事の出来に大騒ぎとなった。

はじめこそ、客も新しい趣向かと面白がっていたが、

「碌朗が舞台で尻を出して、臭い黄金をひりおった。あれが客を激昂させたのじゃ」

「うむ、あれは臭かった」

「なに、我が弟を辱めた三座には礼をしたまでのことよ」

なんのことはない。

六ッ子たちは、ただ愉快に暴れたいだけであった。

首尾よく舞台を壊乱させると、勢いに乗って次々と浅草の一座を襲ってまわり、雲を霞と逃げおおせたのだ。

下手人が六ッ子であることは、すぐに三座の知るところとなった。

これも目論見通りである。

だが、狼藉を役人に訴えようにも、武家ともあろう者がそのような真似を仕出かすはずもないと信じてはくれまい。

面のおかげで、客も証人の役には立たないはずだ。

ことが露見したとしても、六ッ子たちはシラを切るだけであろう。莫迦で恥知らずな武士ほど厄介なものはないのだ。

「若い衆を寄越して、意趣返しをする腹積もりか」

「望むところよ」

「裏手にも幾人かおる。逃げ道を塞いでおるつもりのようじゃ」

「くくっ、返り討ちにしてくれようぞ」

ここまでは、長兄の筋書き通りである。有益なことには役立たずのくせに、妙な知恵だけは泉のごとく湧くらしい。

三座へ殴り込みをかけた余禄で、上野広小路の芝居小屋を借りることもできた。我らこそ江戸随一の芝居者と驕り高ぶる浅草三座の鼻を明かした六ッ子に、上野の座頭たちが気前よく場所を貸してくれたのだ。

なんとも痛快ではないか！

「柄の悪い浪人も三人ほどおるが、あれも芝居町の者か？」「いや、たちの悪い冷やかしであろう。面白くなければ暴れる気でおるのだ」「それは楽しみじゃ」「さぞや盛り上がろう」「げにげに」

「では、開幕といこうぞ」

主役の雉朗が舞台に躍り出るや、いきなり見得を切った。

「おう！　下郎どもよ、待たせたなぁぁ！」

「引っ込め唐変木！」

「馬の小便で顔洗って出直してきやがれ！」

客座から、たちまち罵声が投げつけられる。

猛る浅草の芝居者たちであった。数えてみれば七人だ。どこで拾ってきたのか、棒切れを小屋の中に持ち込んでいた。

雉朗はせせら笑った。

はなから芝居などするつもりはない。

目立てばよいのだ。

雉朗は威勢よく台詞を吐いた。

「さても面妖なる時世となったものよ。太平の世とは、いつのことやらん。我は流浪の浪人なれど、貴き御方のご落胤なるぞ。南といえど北にもあろう曙のご落胤なり。それを目障りとする悪漢め、貴き血筋を絶やさんと卑劣にも刺客をば――」

檜の大舞台がなんだ。

――この雉朗さまがいる舞台こそ、天下の中心であろうぞ！

朱鞘から竹光を抜いて演武をはじめた。

べべん！

碌朗が、すかさず三味線を弾く。三味線だけではない。口に笛を咥え、足もとに太鼓を並べている。両肩には、でんでん太鼓だ。

べべん、ぴゅー、どん、どどん、でけでけでけ。

巧くはないが、無闇な勢いと雑な味はある。論語の一節すら覚えないくせに、ひとりで囃子方を器用にこなす遊び人だ。

他の兄弟たちも般若の面をかぶって舞台へ踊り出た。

しゃらり、と腰の竹光を引き抜く。

「我ら鬼とはいえ、正義の若武者に助太刀いたす！」

口上だけでは芝居にならぬ。

派手な立ち回りで盛り上げねばならぬ。

では、斬られ役の悪人はどこに？

なんの、客座にいるではないか！

「さあ、浅草に巣くう下衆な悪党どもめ！」

「さあさあ、かかってまいれ！」

切先を突きつけられ、七人の浅草者は頭に血を昇らせた。

「な、なにおぅ！」

「こんな田舎芝居、潰してやらあ！」

勇んで立ち上がると、小屋に持ち込んだ棒をふりまわした。

「ふはっ！　よいぞよいぞ！」

浅草者が押し寄せる前に、雉朗のほうから客座へ斬り込んだ。

ひらり、と竹光が軽やかに舞った。

切先が先頭にいた浅草者の腹をなでた。竹の刃で斬れるわけがない。力いっぱい叩きつければ折れてしまうだけだ。

「ふ、ふざけやがって……」

斬られた浅草者は棒切れをふりまわした。

うおっ、と雉朗は跳び下がる。

「斬られて死なぬとは慮外なり！　芝居者の恥さらしめ！」

「う……」

素人に一喝され、浅草者は怯んだ。

雉朗は重ねて胴を薙いだ。返す刀でもうひとりの浅草者を袈裟斬りに仕留め、さらにひとりを頭から両断した。

「ぐっ！」「うお！」「無念……！」

浅草者も役者の端くれである。

竹光とはいえ、芝居の舞台で斬られれば倒れて死ぬ。役者の本能だ。

ちゃんちゃん、ばらばら、ちゃんばらら。

この思わぬ成り行きに、浅草者も苦渋に顔をしかめていた。役者と客が、舞台からはみ出て乱刃に身をさらす珍妙な芝居に巻き込まれたのだ。

べん！　べべん！　どどん！

碌朗のひとりお囃子も激しさを増した。

後ろの客座にいた浪人たちも呆れ顔である。

「ははっ、ひどい芝居じゃ」

「下手なものを見せたら、ひとつ暴れてくれようかと思うたがの。意気込むだけ、こちらが莫迦のようではないか」

「見世物としては、なかなかに面白いぞ」

「おい、もっと莫迦なことをせい！」

げらげら、と大笑いを発した。

そこへ、

「きぇぇぇ！」

と白刃が襲いかかった。

「ひぃっ！」

浪人の頬が斬り裂かれ、たらりと血が流れ落ちる。

真剣を抜いた刺朗の仕業だ。

「くっ、くくく……」

この四男、とりたてて喧嘩が好きでも得意でもない。目付きが危なげで、性は狷介ながら、どちらかといえば小心者である。小心なだけに、無頼には敏感だ。身に危険を察するからであろう。

浪人衆の高笑いが、刺朗の本能を刺激したのだ。

殺られる前に殺れ——と。

「きょぇぇぇっ！」

「こ、この乱心者め！」

「我らを愚弄するか！」

「かまわぬ！　斬れ斬れ！」

三人の浪人も白刃を抜き放った。

六ツ子と浅草者も、小屋に満ちる殺気に気付いて剣戟を止めている。息を呑んで、人斬りの予感に震えていた。

自棄になったか、逸朗が即興の口上を張り上げた。

「そこへ、悪しき天狗が金星より飛来し、日ノ本の国を脅かさんとする昨今。妖怪には妖怪。全国を歩き、味方に付けた勇猛なる妖怪どもを率い、悪天狗と悪漢を討ち滅ぼし、いっそ天下の洗濯と洒落てみようかいなあ」

刺朗も気合いだけでは斬り込めなくなった。顔から血の気がひき、脂汗を滲ませる。浪人の怒気を浴びて、たちまち萎縮してしまった。

「左武朗の兄者！」「おう！」

刺朗が刀を投げ、左武朗もとっさに竹光を投げた。

佩刀が宙で入れ替わり、すっぽりと互いの手の中におさまる。

妙なところで息の合う兄弟であった。

「ちぇぃ！」

浪人のひとりが八双の構えで踏み込んだ。

左武朗は避けなかった。

切先は、額の皮を浅く裂いた。

血がしぶいた。

それでも左武朗は笑っていた。

浪人どもは、ようやく怯んだ。

左武朗は、切先を揺らして剣の重さに手を馴染ませてから、ざんっ、と横薙ぎにした。

仕切りのむしろが斬り裂かれ、外の陽光が差し込んできた。

「き、斬り合いだ！　お役人を呼べ！」

外では町人が騒ぎだしていた。

「ええい、くだらぬ。――引くぞ！」

三人の浪人は、舌打ちを残して芝居小屋から立ち去った。

浅草者たちも、すでに暴れる気を失っている。雉朗のふりまわす竹光に追いまわされ、ついに芝居小屋から逃げていった。

「おや、どなたか財布を落していきましたな。ああ、たいして入っていませんが、芝居の邪魔をされた迷惑料としていただいておきましょう」

「役人がくる前に我らも逃げるぞ」

「だが、あれはどうする？」

「うはははははっ！　覚えたかぁぁ！」

雉朗の高笑いだ。

その背後に、ひっそりと刺朗が忍び寄った。

「兄者、逃げるぞ」

狂乱した雉朗を正気に戻そうとしたのであろうか、刺朗が突き出した竹光の切先が、ずくりと尻に刺さった。

「ぬおぉぉぉぉぉっ！」

たまらず前のめりに倒れ、ぐもっと尻を突き上げて、おいおいと漢泣きに泣いた。

花は桜木。漢は雉朗。

見事、尻に血の華を咲かせたという下品な一席にて――。

第三幕　左武朗の莫迦

一

左武朗は、葛木家の三男である。

六ツ子随一の撃剣莫迦であった。

――ただ無心に木刀をふるべし。

家督など、どうでもよかった。もとより面倒なことは考えないことにしている。木刀を構え、ひたすら無心になってふりまわせば、たいていの悩みは汗とともに流れ出ていくものだ。

脆弱な兄弟たちも左武朗の腕には一目置いている。

「天賦の才はあるのだろう」

「強いことは強いらしいの」

「腕力が強いだけじゃ」

「道場でも恐れられていたと耳にしています」

「でも、莫迦だからよ。剣の術理はわからねえんだよ」

たしかに術理はわからない。

そもそも、わかろうとすら思わない。

いつも道場では力任せに竹刀をふりまわしていた。防具の上からであっても、頭に叩き込めば首まで痺れ、胴を打ち抜けば骨が軋む。それほどの斬撃だ。対峙した者はたまったものではない。

おかげで同門に怪我人が絶えず、ついに師範から放逐されたという莫迦なのだ。

師範は苦々しく吐き捨てたものだ。

「剣の道場とはいえ、生活の糧を稼ぐためにやっておるのだ」

門下生は客である。

やんわりと竹刀のさばき方を教え、しきりに上手くなったとおだて、ときどきはわざと打たれてやり、飽きてやめたがる気配があれば優しくなだめ、道場に通うことが楽しいと思ってもらわなければ居着いてはくれないものだ。

その客を、左武朗は無邪気に叩きのめしてしまう。それゆえに、もはや道場に置いておくわけにはいかないのだ――と。

剣術とは、なんと算術のことであった。

——だから、〈術〉などに信は置けぬ。

弱いから稽古ごときで怪我をするのだ。

左武朗は、柔弱な太平の世を嘆く。

おのれが木剣を交えるべき猛者はどこにいるというのか。

あくまでも木剣だ。

真剣は好きではない。

厭なのだ。

刃は斬れるからだ。斬ることは嫌いだ。血も嫌いだ。とても恐い。折るのは好きだ。壊すのは、さらに大好きだ。なぜかは自分でもよくわからないが、わからないことはわからないのだ。

莫迦なのだ。

だが、猛者とは戦いたかった。

江戸の市中で暴れては、家族に迷惑がかかろう。強者を求めるべく、諸国漫遊……否、諸行無常……否、武者修行の旅に出るべきであろうか……。

だが、旅の路銀など懐中にはない。

ゆえに、左武朗は本所の外れで無心に木剣をふるうのであった。

撃剣莫迦なのだ。

二

朝餉を済ませると、いつものように本所外れの屋敷をひそかに抜けた。

六ッ子たちは深川の富岡八幡宮へ遊びにいくのだ。

深川といえば、かつて江戸で使われる材木を一手に引き受けていた木場であり、勧進相撲もあれば遊女を抱えた岡場所も集まっている。

大役者や大商人などが寮（別荘）をしつらえる閑静な地であったが、盛り場が賑わうにつれて、江戸市中から遊女や芸者が流れ込み、荒事を生業とする破落戸なども住み着くようになっていた。

ガラは悪いが、気楽に遊べる面白さがある。役人の眼が厳しい市中から逃れて永代橋を渡ってくる江戸者も少なくはなかった。

莫迦面を六つ連ねて横川沿いを歩きすすみ、幅広の水路を張り巡らされた深川木場町の橋を次々と渡った。

そして、三十三間堂町へと差しかかったときだ。

蕎麦屋から三人の浪人が出てくるところに行き合わせた。後ろ暗いことでもあるのか、深編み笠で顔を隠している。世にも珍しい六ツ子に気付き、なにか小声でささやきあうと、無体に行く手を塞いできた。

しゃらり、と白刃まで抜いた。

「……いきなり抜きおったぞ」

剣呑である。

三振りの真剣だ。

ぎら、ぎら、ぎらり、と陽光を無闇に反射している。業物ではないにせよ、よく刃が磨かれ、触れただけでも斬れそうであった。

「む、辻斬りか」

「我らの懐を狙っておるのかもしれぬ」

「莫迦め。銭など持っておらぬわ」

戯れ言を並べながらも、脆弱な兄弟たちは脅えていた。

左武朗を除いて——。

「わしらの面は覚えていような？」

片手で刀を構えながら、三人の浪人は深編み笠を脱ぎ捨てた。

妙に芝居がかっている浪人衆だ。

脱ぐのであれば、はじめから顔を隠すまでもない。抜刀するのであれば、まず脱いでからでよさそうなものであるが……。

「むさ苦しい髭面よの」

「あれは……上野で小屋掛け芝居を観ておった浪人ではないか？」

「男の面など覚えておらぬわ」

浪人たちは髭面を並べていたが、体格は六ッ子よりも多彩であり、痩せの長軀、猪首の短軀、力士のごとき肥満体とそろっていた。

「よくも上野では恥をかかせてくれたな」

「土下座して謝るのであれば、許してやらぬでもないぞ」

「さもなくば、刀の錆にしてくれようぞ」

意趣晴らしとして、六ッ子たちを嬲るつもりのようであった。

「……どうする？」

「浪人をこじらせると、かくも性根が歪むものか。見栄の張りどころを間違えておるわ」

「拙者どもは数で勝っておる。ふたりでひとりを相手にすればよい」

「いや、こちらは竹光じゃ」

「よし、謝りましょう」

「それで丸く収まるってんならなあ」

六ッ子らに武士の矜持はないのだ。

「ならば、土下座は三人でよかろう」

「待て。あの手合は図に乗るものだ。我らの屋敷にまでついてきて、父上と母上に金子をたかる気かもしれぬ」

「命知らずな……が、それも楽しそうだな」

左武朗は、母御が使う静流長刀術の腕前をたしかめたい気もした。

「よし、屋敷に連れていこう」

「はやまるな。そのような腑抜けを仕出かせば……あの母上のことじゃ、武士にあるまじき曲事として、座敷牢送りになるは必定」

「おお、座敷牢送りじゃ！」

「浪人どもを始末しよう」

「したが、どうやって？」

六ツ子の口論は、浪人たちの耳にも届いている。

「ええい、はようせんか！　土下座して、我らに謝るのだ！」

その一喝を受けて、

「拙者が相手をいたそう」

左武朗が、ずいっと前に出ると、すらりと腰の木刀を抜く。

「ふははははははははは」

その高らかな笑いは、なにも考えていないことが丸分かりであったが、浪人どもは不気味な圧を感じたようであった。

「ひとりで立ち向かうか。しかも、木刀とは……」

「構えは堂に入っておる。気組もたいしたものだ」

「なに、ただの力自慢よ」

「町民どもが集まる前に手早く済ませるぞ」

するする、と短軀の浪人が滑るように踏み込んだ。

「てい！」

殺気を込めた一撃が左武朗に襲いかかった。

「ふんぬ！」

左武朗は無造作に木刀をふった。

横に薙いだだけだ。

短軀の浪人は驚愕した。木刀とはいえ、場数を踏んだ剣士であれば、まともに剣で受けることはない。短軀の浪人は、先に踏み込んでいたため、おのれの切先が速く届くと信じていたのだ。

左武朗の一閃は、それを上まわる速さであった。

横っ面を叩かれて、きんっ、と刀身が折れ飛ぶ。飛んだ刃先は、短軀の浪人へと跳ね返って右肩に突き刺さった。

「ぐお！」

さらに左武朗は木刀をふった。

その切先が顎先を捕え、短軀の浪人は独楽のようにまわりながら倒れ伏した。

「おのれ！」

長軀の浪人も躍り込むように剣をふった。

かっ、と木刀を見事に断ち斬った。

左武朗は素早く退く。

「左武朗！」「おう！」

逸朗が竹光を投げ、ふり返りもせずに左武朗は受けとった。

「たあっ！」

稲妻のごとき左武朗の踏み込みに、長軀の浪人も驚いたようだ。まさか竹光で斬りかかってくる莫迦がいるとは思うまい。

だが、ここにいる。

竹光は木刀よりも軽く、素早い斬撃ができる。

が、木刀よりも弱く、べきりと折れ飛んだ。

「左武朗！」「おう！」

雉朗が竹光を投げ、またもや左武朗は受けとる。

長軀の浪人へ、ひゅんっ、とふたたび斬り込んだ。

べき、と折れ――。

それでも、したたかに首筋を打ちすえ、長軀の浪人は白目を剝いて倒れた。

残るは肥満体の浪人のみだ。

「兄者！」「おう！」

「よしなさい！　それは本身です！」

呉朗が悲鳴を放った。

刺朗の投げた真剣は、するりと左武朗の手におさまった。

肥満体の浪人は、もはや左武朗を甘く見てはいない。凶相を顔に浮かべ、大上段から落雷のような斬撃をふり降ろした。

どんっ！

布団を棒ではたくような音が鳴った。

「ぐ……」

肥満体の浪人は、剣をふり降ろしていたが、その先に左武朗はいなかった。疾風のように間を詰め、すり抜けざまに本身を脇腹へ叩き込んだ。ぐらり、と巨軀をゆらし、浪人は土煙を舞い上げて倒れた。

やんや、やんや、と雉朗が囃した。

「見事な峰打ちであった」

「うむ、斬るのは厭じゃ」

左武朗は手首を返し、刀身の背で浪人の腹を殴りつけたのだ。

「しかし、この浪人ども、ただの脅しではなく、本気で斬ろうとしてなかったかのう」

「ほう、わかるのか？」

「いや、気取ってみたかっただけじゃ」

「けっ、痔瘻めが」

「兄者とはいえ、尻を治してから格好をつけよ」

富岡八幡宮まで、もう眼と鼻の先であった。

三

深川の富岡八幡宮は、三代将軍である家光公の御代に建立されたという江戸でもっとも大きな八幡神社であった。

浅草の奥山などに比べれば、聖俗の入り交じった雑味に乏しいものの、神田祭や山王祭と並ぶ三大祭のひとつが三年ごとにおこなわれ、たとえ祭りがなくとも門前町はいつも賑々しかった。

　六ツ子たちは辰巳芸者を横目で眺めつつ、やれカンカンノウ、ほれカンカンノウ、それカンカンノウと唄を張り上げ、踊りながら表参道を練り歩いた。

　壮麗な本社の前に着いた。

　茶屋でひと休みしたいところであったが、あいにく懐の中は空っ風が吹き荒んでいる。楽しむには、また大道芸で稼ぐしかなかった。

　あるいは、なにかの商いだ。

　手軽に仕入れることができ、すぐ売り払えるものでもあれば……。

「そうだ。左武朗を売ろう」

　長男の逸朗が、戯けたことをほざきはじめた。

　雉朗は怪訝な顔をする。

「吉原にか？」

「そうではない。男を売ってどうする」

　逸朗は呆れた顔をした。

「考えてもみよ。左武朗の得手は撃剣だ。ならば、悩むまでもない。剣の道で名を上げ、養子の道をひらくべきであろう」

なるほど、と一同は得心した。

「武家として、もっともな考えじゃ」

「珍しくまともなことを申された」

「ひとりずつ片付けるとは、じつに良策ですな」

「道場破りでもさせるってのかい?」

「それもよい」

「剣ならば、養子の口が見つからずとも、勝手に一流をたてればよいからな」

「なれど、剣で一流をたてるには道場がいります」

「父上と母上が、そのような金子を出すであろうか?」

「出すまい」

「そうではない。左武朗を売るのだ。継ぐ者が絶えた寂れた道場を見つけて、左武朗を養子として押しつけるのだ」

「養子の押し売りか」「それは良案」「げにげに」

非情な兄弟たちによって、勝手に売られることが決まった三男は、ただ大口を開けて青空を見上げていた。

悩むのは苦手なのだ。面倒なのだ。勝手に先行きを定めてくれるのであれば、まさしく願ったり叶ったりであった。

「だが、そのように都合よく見つかるものかの」

「探せばよいのだ」

「どこを？」

「うむ、あの者に問うてみよう」

戯事と思いつきしか能のない長男が指差した先には、境内の隅で辻占売りをしている老人と小娘がいた。

お御籤を入れた木箱を首から提げ、〈辻うら〉と書かれた提灯を腰に差しているが、ふたりとも畑から抜けてきたような農民の身なりだ。神社の者に顔を見られたくないのか、狸と狐のお面をかぶっていた。

「お御籤で決めるつもりか？」

「うさんくさいではないか」

左武朗は眉間にシワを寄せ、くん、と鼻を鳴らした。

「あれは安吉と鈴ではないか？」

一同は驚いたものの、左武朗の勘が侮れないことはわかっている。半ば疑いながらも、老人と娘のほうへ歩み寄っていった。

「おう、安吉と鈴ではないか」

「その面はいかがした？」

「……よくおわかりに……」

「見破られたね、おじいちゃん」

葛木家の下男と下女は、面を外すと顔を見合わせた。

六ッ子たちは得意げに胸を張る。

「うははは、左武朗が見破ったのだ」「匂いでわかった」「犬のような男じゃな」「風下に立ったが、うぬらの不運よ」「鈴、お兄さまと呼べ」「だがよ、なんで辻占売りなんてしてんだよ?」

「へえ、富岡八幡宮へ参ったついでに、孫と小銭でも稼ごうかと」

「商う許可はもらってないから、面で顔を隠してるの」

六ッ子たちは得心した。

「そうか……」「うむ、涙があふれる話じゃ」「狸のような父上と狐のような母上に、小銭でこき使われておるからのう」「鬼畜な夫婦どもめ」「それで、このお面を選んだのですか」「おう、洒落が利いてんじゃねえか」

同情され、安吉の額に脂汗が滲んだ。

「いえ、それは……ですから、これはご内密に……」

「わかっておる。わかっておるぞ。しかし、黙っておる代わりというわけでもないが、ひとつ占ってもらえぬか」

逸朗の頼みに、老人と孫娘は小首をかしげた。

「はて……」

「なにを占うのですか？」

「ほどほどに寂れ、たっぷりと年老いた剣客がいて、しかも跡継ぎのいない道場はないか？　年頃の娘でもいれば、なおのことよいが」

虫の良すぎる条件だ。

打てば響くように安吉は答えた。

「へえ、心当たりはございます」

かえって、六ツ子たちのほうが驚いた。

四

その道場は、東にあると安吉は教えてくれた。

そろそろ本所の屋敷に戻る刻限となり、老人と孫娘は案内はできないというが、六ツ子たちは道さえわかればよかった。

さっそく出向くことにした。

富岡八幡宮の門前町から蓬萊橋を渡り、川沿いを東へ歩いていく。州崎の中を通り、左手に深川木場町を眺めながら、さらに東へ――。

萱地に足を踏み入れた。

そこから、また東へとむかう。

やはり萱地がつづいている。

昔、深川は下総の国に属していたという。もともとが草深い田舎だ。神君家康公が江戸へ入府してきたころは、ただ一面の萱野であった。その面影として、海岸沿いに萱地が残っているのであった。

町奉行の受け持ちである墨引は出ているが、まだ江戸内外の境界線と定められた朱引の内ではあるのだろう。

それとも、朱引さえ抜けてしまったのか……。

六ツ子たちの顔に、じわじわと不安の色が濃くなってきたとき、ようやく道場らしきものを見つけたのであった。

「……化外の地ではないのか？」

潮風に吹かれ、一面の萱がなびいている。

さざん、ざざん、と波音が騒がしかった。

果たし合いが似合う情景に、左武朗の胸は高鳴った。

「化け狐でも出るのではないか？」

「安吉め、たばかりおったか！」

「ふむ、渺茫たる荒れ野原だが、そこに愛らしき狐の小娘でもおれば……ふ、ふふ……騙されてもいいなあ」

「逸朗の兄上、それは母上の眷族ではないか」

「……はっ」

脆弱な兄弟たちが怯むのも無理のないことであった。

たしかに寂れている。

道場というよりは、農家の物置であった。

灰色にくすんだ壁板は隙間が多く、板葺きの屋根にも穴が空いているようだ。ひと蹴りくれれば、そのまま倒壊してしまいそうであった。

もう帰ろう、と五人の眼が告げていた。

ひとりだけ、左武朗は眼を輝かせている。

「では、道場破りじゃ」

剣士の勘が、猛者の匂いを嗅ぎとっていた。このようなあばら屋にこそ、孤剣の手練れが潜んでいるものかもしれない。期待に胸を膨らませ、萱を踏み折っただけの小道をずんずんとのし歩いていった。

しかたなく、五人の兄弟たちもあとにつづいた。

「たのもう！」

「どーれ」

左武朗の呼びかけに、枯れた声が答えた。

道場主らしき老人が、のそりとあらわれる。

老人は浅葱色の着物に墨染めの袴をはいていた。顔はシワで埋まり、歯の数が足りないのか口元が酢でも呑んだように窄まっている。真っ白な髪は質も量も乏しく、かろうじて髷を結えていた。

酒を呑んでいたのか、猿のように顔が赤い。

――神聖なる道場で不届き千万ではないか。

左武朗は秘かに憤った。

「拙者、本所の外れに住う葛木左武朗と申す一介の武芸者なり」

「同じく長子の逸朗。戯作者」「雉朗にて候。傾奇者」「刺すと書いて刺朗」「呉朗でございます」「おいらは碌朗でい」

おおっ、と老人は眼を見開いた。

「なんと、客が六人もおられるか。酔っておるせいか、とんと顔の見分けがつかぬ。ひとりではないのだな？　うむ、六人じゃな。ともあれ、よくおいでくださった。どのような御用ですかな？」

　やはり昼酒を楽しんでいたらしい。

　しかも、かなりきこしめしている。

　この老人が、さほどの達人とも思えない。歳を経て背丈が縮まり、手足の肉もこそげ落ち、もはや竹刀すら満足に振れるとは思えなかった。

　剣士の勘は外れたようだ。

　期待を萎ませながらも口上をつづけた。

「こちらに名人の道場があると聞き及び、一手ご指南を願いたく……」

「ほほ、無理ですな」

「いやいや、是非ともご教授を」「そこをなんとか」「じじい、逃げるな」「好機です。はやく倒してしまいましょう」「おう、ちゃっちゃと済ませて帰ろうぜ」

　ここで逃げられては、なんのために足を運んできたのかわからない。五人の兄弟は勝手なことを口々に並べ立てた。

　ひゃひゃっ、と老剣客は笑った。

「この歳では、若い者に稽古をつけることなど無理というもの。もはや門下生も寄りつかなくなって久しく、ほれ、ご覧のように道場はやっておりません。誰でもよいから、ぜひ当道場を継いでもらいたいくらいですな」

「後継者を求むと？　それは話がはやい」

兄弟たちにとって、富籤の当たり札を拾ったようなものだ。目先の欲に眼を輝かせ、呉朗のごときは商人よろしく揉み手までしている。

左武朗は、もう帰りたかった。

剣の道とは、そのように安易なものではない。

もっと激しく、厳しいものだ。それなりに肉が躍動し、骨は震撼し、なにか、こう、良い感じに汗などが飛び散るものであった。断じて、安易に道場を譲ったり譲られたりするようなものではないのだ。

「悪いが、拙者はこれにて――」

左武朗が踵を返したときだ。

「お爺様、入門の方ですか？」

麗しい声が、左武朗の耳朶を甘く痺れさせた。

道場から、もうひとり出てきたのだ。

うほっ、と六ッ子たちはどよめく。

総髪も凛々しい若衆のごとき美女であった。少年のような細身で、老人と同じく浅葱色の着物に墨染めの袴姿である。

「ご老人、あちらの女人は？」

「わしの孫娘ですな」

「紅と申します」

きりりとした美貌に、六ツ子たちは陶然と酔いしれた。左武朗は、その胸元から微かに漂ってくる香りにも我を忘れた。

「お、お紅さん……」

「道場とお孫さんをいただきたい」

「いや、お孫さんだけでよい」

「ほほっ、嬉しいことながら、この小道場に師範役はひとりで足りますな。さあて、どの方にお譲りすればよいのか……」

「おれが！」「身共が！」「わしが！」「わたしが！」「おいらが！」

兄弟たちは我こそはと名乗りを上げる。

左武朗は――いったん返した踵を返した。

「ならば、まず拙者と立ち合っていただこう」

我先にと道場へ飛び込んだ。

愛用の木刀は浪人に斬られている。左武朗は道場の壁にかけてある木刀を借りて、はやくも構えをとっていた。

「よぉし、囲め囲め！」「身共らの決着は、左武朗を倒してからじゃ！」「一度に掛かるぞ！」「おうよ！」

兄弟たちにもためらいはない。道場の木刀を次々と手に握ると、もっとも厄介な左武朗を倒すべく一対五の必勝陣形を敷いた。

「うぬら……なんと卑怯な！」

「うははは、我らは兄弟ではないか！　卑怯などと水臭いことを申すな！」

だが——。

五

「……莫迦には敵わぬ」

束になってかかろうが、左武朗の身に切先を掠めることすらできず、五人の兄弟は無残に叩きのめされたのだ。

「まあ、道場が手に入ったことに変わりないわい」

「ほどよい頃合いに小銭をたかりにこようではないか」

「あの娘は惜しいがな」

「むしろ、お紅ちゃんだけでよかった」

「てやんでえ……」

五人は打ち身の痛みにうめきながら萱場を去っていった。

六

それから、ひと月ほどが経った。

「師範どの、これはいかがしたことか」

「うむ……」

お紅の冷ややかな眼差しを受け、左武朗は冷や汗がとまらなかった。

萱場の道場に、門下生はひとりもいない。

しかたのないことであった。

ふたりの兄と三人の弟どもは、我らの道場ができたと舞い上がっていたが、左武朗が撃剣莫迦にすぎないことを忘れている。

当の左武朗でさえ、すっかり忘れていたほどだ。

師範として尽力は試みた。

このようなところにも剣を学ばんと志す殊勝な若者はいる。

深川の町人や農民たちであった。

それを左武朗は、ひとり残らず叩きのめしてしまった。

なにも、お紅とふたりきりになりたいと邪な情念を燃やしてやらかしたわけではない。左武朗の流儀では、手本を見せて教えるのではなく、ひたすら叩きのめすことしかできなかったからだ。

気骨ある若者もいた。

叩きのめされても、叩きのめされても、二度三度と立ち上がっては、左武朗を睨み据えて果敢に挑みかかってきた。

深川のやくざであった。

怒りながら、泣きながら、喚き散らしながら、割れた頭から流れる血で顔を真っ赤に染めながらも、しかも感心なことに手には自前の刃物さえ握りしめて、立派な殺意さえ込めて刺そうとしてきた。

じつに見所がある。

左武朗は、それが嬉しくてたまらなかった。

だから、力いっぱい木刀をふり降ろした。激励を込めて、親愛を込めて、強くなれ強くなれと念じながら、目一杯に叩き潰した。やくざの若者は、二度と立ち上がってはくれなかった。

——これも剣豪の哀しき宿命か……。

門下生は、ひとりも残らなかったのだ。

「もしや、左武朗さまは道場主にむいておられないのでは？」

「う、うむ……」

左武朗の顔面は脂汗で照り輝く。

老剣客は、あれから道場に顔を見せなかった。

お紅に訊ねてみると、三味線の女師匠と良い仲になって、そちらに入り浸っているようであった。

けしからぬ老人だ。

あの歳で、佳い女と暮らしているとは、なんとも羨ましい。

お紅は、近くの農家に住み着いているらしい。

左武朗だけが、この寂れた道場で、ひとり寝起きしていた。板壁の隙間という隙間から吹き込む潮風に揉まれながらだ。

お紅には、まだ手を出していない。出したくても出せない。その勇気がない。そもそも手の出し方さえ心得ていなかった。

考えてみれば、あの好色な老人は、道場とともに孫娘をくれると約束したわけではなかった。騙された。名も知らない老人のことなど信じるべきではなかった。兄弟の誰もが老人の名に興味はなかったのだ。

「左武朗さま、いかがなさるおつもりで？」

「ううむ……」

お紅の眼が恐かった。

左武朗は背中をむけ、腕を組んで天井を見上げてみた。

屋根の隙間から、陽光が差し込んでいた。

——雨漏りの源はそこだ。

普請をしなくてはなるまい。

左武朗は、ようやく微笑むことができた。

「おい、莫迦」

幼い罵言にふり返ると、農民の子供が道場に入り込んでいた。

「莫迦とはなんだ」

「だって、うちの父ちゃんいってたぜ。本所の莫迦がいるって。面白いから、見にいってこいって。なあ、剣を教えてくれるんだろ？　おいらにも教えてくれよ？」

「よかろう」

どうせ鍛えるべき門下生などいないのだ。

お紅も文句はつけてこなかった。

まず道場の木刀を握らせてみた。子供には長すぎるが、それでも切先を天井にむけて構えることができた。

「よし、拙者に打ちかかってみよ」

「うん！」

えいっ、と子供はふり降ろした。

遅い。

眼を閉じても、たやすく避けられるだろう。

だから、左武朗は閉じてみた。

「ぐっ……！」

木刀が眉間に叩きつけられた。

打たれるとは、これほどの痛みであったのか。左武朗は、ひさしぶりの激痛に頭を抱えて座り込んだ。

殺気を放つ浪人であれば勝手に手足が動いてくれるが、敵意のない子供の無邪気な打ち込みには剣士の本能が怠けるらしい。

「なんでえ、侍のくせに弱いんでやんの」

「ま、待て！」

嘲笑され、左武朗はかっとなった。

「な、なんだよ……さむらいのくせに子供に本気になんのかよ」

子供の顔に、ようやく恐怖が灯った。

むろん、左武朗は本気である。

「きぇぇぇっ！」

そのとき、爽やかな疾風が左武朗に襲いかかった。

「子供に本気で打ちかかる人がいますか！」

ぱんっ！

鮮やかなお紅の打ち込みであった。

「ぐあっ！」

左武朗は絶叫を放ち、頭の天辺を押さえながら板床の上を転げまわった。

その隙に、子供は素早く姿を消している。

お紅は、正眼に木刀を構えた。

「さあ、せっかくふたりきりなのですから……ふふっ、わたしにもじっくりと稽古をつけていただきましょう」

美しい瞳を爛々と輝かせ、ちろ、と花びらのような唇を舐める。じっくりと眺めれば、巧みに化粧をしているとわかった。男の鉄腸を蕩かす妖艶さであり、木刀の先に凄まじい殺気を凝縮させている。

なぜか避けられる気がしなかった。

女剣士の着物に焚きしめられた甘い香が、天然剣士の勘を失わせるのだ。

——この女、まことにあの老人の孫娘なのか？

追いつめられ、そんな疑念さえ湧いてきた。

——男を食い殺す妖女が、お紅と名乗る女の正体ではないのか？　あの老人は、この女から逃げるため、左武朗に道場を押しつけたのではないか？

他愛のない妄念が、弱気になった左武朗を脅えさせた。

いかん！

「葛木一刀流……破れたり！」

左武朗はひと声叫ぶと、悶絶したふりをして板床をごろごろと転げまわり、そのまま道場の外まで転げ出てしまった。

——拙者には帰るべき屋敷がある！

是なり！　我が愛しき莫迦ども！　最愛の同胞（はらから）よ！

胸のうちで狂おしく叫びながら、萱の茂みを遁走したのであった。

第四幕　刺朗の莫迦

一

——わしは生きづらいのだ……。

葛木家の四男だ。

刺朗は、裏庭の座敷牢に押し込められていた。

愛刀を無情にも奪われ、暴れて牢を壊さないように縄で縛り上げられている。身は憤怒で焼かれ、その双眸には烈しい狂気が燃え盛っていた。

孤独だ。

兄弟の中で、ひとりだけ閉じ込められているのだ。

だが、孤独など恐れはせぬ。

人はひとりで生まれ、ひとりで死んでいくものだ。否。生まれたときはひとりではなかった。六人である。が、ひとりずつ生まれ落ちた。ならば、ひとりで生まれということになるまいか？

兄弟など煩わしいだけだ。

六人もいればなおさらであった。

せめて、死ぬときくらいは、ひとりで死にたいものである。

「士道とは死狂いなり……」

ぼそ、と刺朗はつぶやいてみる。

よい言葉であった。

声に出すだけで、なにかが解き放たれ、ふっと気が楽になる。

貴となく、賤となく、老となく、少となく、悟りても死に、迷いても死ぬ。

——正気にて大業はならず。

死狂いこそ、士道の本領であった。

生か死か？

迷ったときには、死を選ぶべきだ。

わけなどいらぬ。ただ胸を据えて前にすすめばよいだけだ。頭で理をこねるより先に、まず身を投じよというわけだ。

首尾が悪しゅうとも、無駄な死とはならない。つねに死の境地でいよ。朝毎に解怠なく死して置くべし。でなければ、いざというときに心が萎え、身は竦み、ものの役に立たないであろう。

肥前の国で培われた武士の心得である。

劇薬のごとき思想ゆえに、山本常朝の記した原本は火に投じられ、佐賀武士のあいだでも密伝として扱われてきたという。

あれは昨年の師走――。

母に書斎の掃除を命じられ、書棚の裏で薄汚れた写本を見つけたのだ。

好色狸め艶本を隠匿しておったか――と手にとってみた。『葉隠聞書』と表紙に記してある。なんとなしに、ぱらりと開いた。たちまち眼の玉が吸い寄せられ、それこそ艶本のごとく一気呵成に読み耽った。

彷徨する魂が揺さぶられた。

――なぜ太平の世に生まれてしまったのか!

武家の暮らしは息苦しいのだ。

運よく役職に就けたとしても、上役の許しを得なくては外泊すらできない。かといって、役職がなければ世間の口が煩い。

四男ともなれば、なおさら鬱屈が溜まるばかりだ。

なにもできず、なにも許されない。

なにも持たず、なにも成さないまま――。

——生き腐れていく我が身がたまらぬ。

本所界隈で葛木家の六ツ子は好奇の的であり、部屋住みの厄介者よ、役立たずよ、と陰で侮蔑しているにちがいないのだ。

許せぬ。思い知らさねばならぬ。

だが、誰に？

世間にか？　幕府か？　江戸市中にか？

太平を貪る天下にか？

暗い夜、鬱屈で心が押し潰されそうになると、愛刀を握り締めて堪えた。腐りきった世であれば、燃やしてしまえばよい。刃で断ち斬れるものであれば、なおのこと心持ちはすっきりするはずだ。

真剣が好きだ。

気に入らないものを、一刀のもとに両断できる。刺朗が寝床で見る夢は、切腹や斬り死にのことばかりであった。

ばさり——。

一瞬の斬れ味が肝要だ。

武士に生まれ、輝きを放つのは一瞬でよい。

刺朗は無芸である。

だが、不調法や無芸は恥にあらず。

これも『葉隠聞書』の教えであった。

芸は身を助くとは、上方風の情けない士道だ。武士は武士の仕事しかできぬ。金輪際、それは芸事のことではなかった。

芸は身を滅ぼすが、まことの武士なり――と。

死に後れこそが恥なり――。

武士は、遮二無二死に狂いするばかりなり――。

これにて夢覚めるなり――。

この世の生は、ひと夜の夢のごとしだ。

夢の中でこそ、嘘偽りのない自分があるのだ。

死は苦くとも、夜の露と消えざれば、それも武士の本懐ではないか――。

「士道とは……夜露死苦と見つけたり！」

独学で『葉隠聞書』を血肉としてしまったがゆえ、こうして座敷牢に放り込まれることになってしまった。

なにを仕出かしたというのか？

それを語るには、四日ほど遡らねばならなかった。

二

いつも寝起きしている六畳間であった。

「皆の者、もはや議は無用なり」

同じ顔を突き合わせ、各々の行く末を浅知恵でひねり出そうとしている兄弟たちへ、刺朗はそう宣言したのだ。

家督の争奪を命じられ、六ツ子たちは右顧左眄（うこさべん）の醜態をあらわにした。とはいえ苦難の正面突破を潔しともせず、迂遠に迂遠を重ね、迂回に次ぐ迂回によって、いまだ捗々しい戦果を上げていない。

あたりまえである。

戯作者、歌舞伎役者、撃剣道場の主。

どれも笑止であった。

武士の魂に根ざしたものを忘れておる、と刺朗は気炎を放ち、それゆえに我が先陣に立たねばならぬと表明したのであった。

「おっ、大上段からきやがったな」

碌朗が半畳をぶち入れる。

　だが、刺朗は歯牙にもかけない。

「思案すべき猶予はないのだ。為すことを為さねばならん。我ら、まさに揆を一つにまとめ、すぐさま挙に出ねばならぬ」

「そうか。なるほどのう」

「逸朗の兄者、どういうことじゃ？」

「うむ、わからぬ。悪態は吐いても、おのれの意見は吐かぬ奴だからな」

「いつも黙って部屋の隅でうずくまっておるしの」

「刺朗兄は一揆でもやらかす気かよ？」

　兄弟たちは、刺朗に背を向けてささやきを交した。

「我らが合議したところで、どうにもならなかったことは認めよう」

「左武朗が、あの道場を上手く継いでおればのう」

「……あれは鬼女じゃ」

「萱場の道場で、なにがあったのですか？」

「……知らぬ」

　左武朗は屋敷へ戻ってからも、口を閉ざして多くを語ろうとはしない。心に深い傷を負った漢の顔であった。

　刺朗は、なおも声を張り上げた。

「大変に逢うては歓喜踊躍して勇みすすむべし！　嵩増せば船高し！」

「なにか喚いておるぞ」

「威勢はよいにしても、よくわからぬな」

「はあ、困難とは乗り越えられないものではない……という意のようですね」

逸朗は、しかたないという顔で問うた。

「刺朗よ、おまえに腹案があるのだな？」

「しかり」

「それは面白いことか？」

「士道に面白きことなどない」

「女子と親密になれそうなことか？」

「士道に女子など邪魔である」

逸朗は、とたんに渋面となった。

「呉朗よ、なにかないか？」

「ないことはありませんが、いましばらく……」

呉朗は、厭な薄笑いを口元に浮かべていた。秘かに企んでいることはあっても、まだ口に出すつもりはないのであろう。

「碌朗は？」

「おいらが？　なんでだよ？」

町人かぶれの末弟は、きょとんと問い返してきた。

ふっ、と次男が不敵に微笑んだ。

「我らの窮地は変わらねど、さして打てる手はないようだな。さて、刺朗よ、我らになにをせいと申すのだ？」

「――世直しよ」

刺朗は真顔で言い切った。

不穏な流れを察して、雉朗は他の兄弟たちに眼を戻した。

「これは、いかんやつではないか？」

「いかんやつだな」

「あの眼は乱心しておるぞ」

「じつはよぅ、おいら、刺朗兄とだけは座敷牢に入りたくねえ」

「なぜだ？　真剣を帯びても、ふりまわす度胸などない男だぞ。左武朗と座敷牢に閉じ込められたほうが、なにかと面倒であろう」

「いんや、左武朗兄は、なあんにも考えてねえだけさ」

「うはは、わしは考えておらぬな」

「だがよ、刺朗兄は、なに考えてんのかさっぱり読めねえ。そこが、ちと怖え」

「陰にこもる気質ですからね。不平をためて、じっと我慢を重ねて……溜めに溜め込んだ鬱憤を破裂させる恐ろしさが……」

「よし、わかった。刺朗の案に乗ってみようではないか」

長子はからりと決断した。

「なあに、我らはどん底におる。これより落ちるようなこともあるまい。落ちるだけ落ちれば、あとは浮くだけだ。底の底を覗くのも一興。面白くなるかどうかは、我らの匙加減ひとつではないか？」

それもそうか、と兄弟たちは得心した。

三

だが、とんでもないことになった。

「死のう！」

「死のう！　死のう！　死のう！」

六ツ子たちは往来で叫んだ。

額に鉢巻きを締め、袖をからげて襷掛けにしている。

佩刀の柄には、刺朗の指示によって木綿を巻いていた。手が汗で滑らないための心得だというが、刀身はいつものごとく竹光なのである。

どうだと武張った顔つきで、腰を沈めて早足で歩きすすむ。差した刀が揺れないように、両の拳は腰に添えていた。

すわ赤穂浪士の再来か、と民草の心も穏やかではなかろう。

「これでは役人に眼を付けられるのではないか？」

雉朗は眉をひそめる。目立つことは好きだが、面倒なことは嫌いなのだ。

逸朗は笑い飛ばした。

「なればこそ、江戸市中の端を歩いておるのだ。追いかけられれば逃げればよい。町人どもは、大道芸人か、ただの酔漢と思うだけであろう」

先頭の刺朗が、つと道中で立ち止まった。

本身を抜き放ち、

「死のう！」

と切先を天にむけて高らかに叫ぶ。

他の兄弟も抜刀し、

「死のう、死のう！」

と声をそろえて気勢を放つ。

そして刀を鞘に戻すと、ふたたびスタスタと早足ですすむのだ。

「死を克服すれば、この世も楽しからずや！」

「一分の理あり！」

「死が恐くなければ、もはや無敵なり！」

「もっともじゃ！」

「死のぅ！」

「死のぅ！　死のぅ！　死のぅ！」

言葉は激烈ながら、死を薦めているわけではない。死を想うことによって、現世で生きるありがたみを知ろうと啓発しているらしい。

刺朗にしては、高邁な思想のように見受けられた。

「ふむ、なかなか楽しゅうなってきたではないか」

派手好きの雉朗は、衆目を集めていることで、まんざらでもないようだ。

「往来で木刀をふるのはよいものじゃ」

「冥土の旅の一里塚～」

「めでたくもあり、めでたくもなし」

刺朗によって〈死想党〉と名付けられた奇矯な一党は浅草の北面を賑やかに西進し、心中の名所ともいうべきところを目指しているのであった。

やがて、吉原遊廓が見えてきた。

浅草寺裏の日本堤に壮大な廓を構え、二百年以上にわたって幕府公認の色里として栄えてきた花の吉原である。

歌舞伎と並ぶ二大悪所と称され、江戸っ子の誇りでもあった。

日本堤には茶屋がずらずらと建ち並び、廓と繋がっている衣紋坂を登っていけば、そこに吉原大門がそびえている。

大門をくぐれば、遊女と遊客が戯れる華やかな世界だ。

六ッ子たちは息を呑んだ。

「いよいよ踏み込むのか……」

否、と刺朗はかぶりをふる。

「わしは遊客や廓の者を責めたいのではない。空虚な恋に耽るだけではなく、厳然たる死を想ってもらいたいのだ」

「むぅ……」

「そ、そういうものか……」

「まあ、ここは刺朗に従うとするか……」

ここまできておいて、という想いが兄弟にはあるのであろう。できれば大門をくぐって、華やかな空気を満喫したいところだ。

「ひとまず、まわりを練り歩こう」

そういう次第になった。

廓は板塀で外界と隔てられ、manycoalesce皆のごとく堀まで巡らされている。ぐるりとまわるだけでも、けっこうな長さであった。

六ツ子たちは、ずんずん歩いていった。ときおり立ち止まっては抜刀し、死のうっ、死ねっ、と廓の中へ罵声を投げ込む。

「おい、吉原から離れていくぞ」

歩いて、叫び、歩いて、怒鳴り、また歩いて――。

「刺朗め、臆したな」

うははは、と逸朗は笑った。

「吉原は悲恋と心中の総本山よ。金子だけで身を結んだ男と女が、まことの恋によって来世で夫婦の契りをむすばんと心中することもある。だが、女の肌を知らぬ我らには、ちと敷居が高いというもの」

「兄上、そのように胸を張るようなことではありませんが」

先頭の刺朗は、兄弟たちの雑言を背中で聞いている。図星を指された羞恥のためか、その耳朶は真っ赤に染まっていた。

びた、と足を止めた。

しゃらり、と。

刺朗が白刃を抜く。後ろで雑言を投げつけていた兄弟どもは緊迫した。逆上して斬りつけられるのかと脅えたのだ。

「……死の匂いがする」

刺朗が切先で示した先には山谷堀の桟橋があり、その端では若い男女が仲睦まじく寄り添っていた。

「ただの逢引ではないのか」

「けしからぬな」

「ええ、不届きです」

「いや、待ちなよ。互いの手を紐で結んでるぜ」

「やっ、川に飛び込む気じゃぞ」

男も女も町人のようである。が、若様と遊女でなければ心中をしてはならぬという法はない。六ツ子には、その事と次第に興味はなく、ただ心中沙汰を見つけて昂ぶっているだけであった。

「女だけでも助けよ」

「男はいかがする?」

騒ぐ声が届いたのか、はっと男女はふり返った。

「悟られたぞ！」

「逃げおった！」

奇怪な白装束の六ツ子が雁首を並べ、嫉妬に燃えた眼で睨みつけているのだ。

逃げ出すはずである。

刺朗にいたっては刀まで抜いて切先をむけている。

「ふん、心中はやめたらしいな」

「町人の覚悟などその程度であろう」

「命冥加なやつらめ」

「これは、我らが命をすくってやったと見做してよいな？」

「わしらもやるときはやるのだ」

「めでたくもあり、めでたくもなし」

六人は涼やかな笑みを交した。

えいっ、えいっ、おうっ、と勝鬨を挙げ、ようやく心をひとつにして盛り上がった六ツ子たちは、逢瀬の名所に的を変えることに決め、次々と恋仲の男女を粉砕してまわったのであった。

ところが——。

四

「皆の衆……いかに思う？」

逸朗は弟どもにささやきかけた。

男女の仲を裂いたところで、そのときは大いに昂揚を覚えても、あとで落ち着いてみれば心の中に虚しい風が吹き抜けるのである。

――人の恋路を嫉んで、邪魔をしているだけではないのか？

そこに気付いてしまった。

刺朗を抜かした五人は、この遊びに三日で飽きがきた。

せっかくの〈死想党〉もひとりでは解党するしかなく、深く落ち込んだ刺朗は屋敷の厠に籠城してしまった。

なに、一日も籠れば空腹に堪えかねて刺朗も出てくるであろう。が、そのあいだは厠が使えないことになる。困ったことになった。

しかたなく、近くの農家や町屋で用を足すという不便を強いられた。

夕餉になっても、刺朗は出てこなかった。

　夜半になって、強い尿意で目覚めた呉朗が寝床から抜け、田畑のひろがる屋敷の裏で存分に草木の茂みを濡らしたときである。

　刺朗が、ふらりと屋敷から出てきたのだ。〈死想党〉の白装束で、白粉を塗りたくったのか顔も真っ白であった。

　鬼気迫る兄の姿に恐怖した。

　呉朗は腰をふって滴をふり落とすと、すぐさま兄弟たちへ注進におよんだのだ。

「刺朗を尾けるか？」

　逸朗は、重ねてささやいた。

「放っておいては、かえって怖いことになりそうだ」

「うむ、とにかく刺朗めは危うい」

「兄上は、思い余って辻斬りするほど豪胆ではありませんが」

「でもよぅ、自棄んなって首でもくくられたらたまらねえや」


　五人は屋敷を抜け出した。

「手遅れにならぬうちに見つけねば」

「手分けをして探そうにも人が足りぬな」

「安吉と鈴を起しますか？」

「じじいと子供は寝かせておけ」

だが、手分けをするまでもなかった。

「おお、まだあんなところを歩いておった」

月夜である。

刺朗は見晴らしのよい田畑の畦道を黙々と歩いていた。

ふり返りもせず、尾けることは容易である。

「刺朗め、どこへいくつもりじゃ？」

「神社のようですね」

田畑に囲まれた、こんもりとした丘の上にある小さな神社だ。刺朗は正面の鳥居をくぐらず、裏へまわって鎮守の森に呑み込まれた。

夜風が、厭な予感を運んできた。

それでも、あとを尾けていくしか道はない。

五人は刺朗の身を案じているのだ。

森の中は暗く、枝葉の隙間から差し込む月明かりが頼りであった。夜目と鼻の利く左武朗を先頭に立て、四人はおっかなびっくりついていった。

「おったぞ」

「いったい、なにをしておるのだ？」

「なにか頭にかぶっていますね。小さな蠟燭に火をつけて……」

蠟燭は三本であった。

「五徳ではないか」

火鉢の上に置いて、餅などを焼く道具だ。なるほど。逆さにして頭にかぶれば、三脚にそれぞれ蠟燭を差すことができる。

かつーん。

不穏な音が鎮守の森に響き渡った。

「御神木に釘を打っておるのか」

「刺朗め、なんと罰当たりな」

かつーん。

かつーん。

かつーん。

「あれは……丑参り！」

「呉朗、騒ぐでないっ」

釘を打つ音がやんだ。

「見よ。頓狂な声を出すから気付かれたではないか」

「うへ、こっちを睨んでやがら」

「これはいけません。に、逃げましょう」

「なぜじゃ？」

「あ、あれは呪法です。七日のあいだ、憎む者への恨みをこめて御神木に釘を打ち付けるのです。ただし、誰かに見られると、その呪いが跳ね返ってくる。呪った者が死んでしまう。それを防ぐには……み、見た者を、こ、殺してしまわないと……」

「そりゃ、えれえこった」

「つまり……どういうことだ？」

刺朗は五人の兄弟たちにむかってきた。

悪鬼の形相で――。

金槌をふり上げながら――。

「そういうことか！」

「散れ！　逃げよ！」「お、おう！」「ひぃっ」「うへ！」

転がるようにして五人は暗い森の中を逃げた。

強い風が吹く。

ざわ、ざわ、と枝葉が騒ぐ。

神聖なる鎮守の森に殺気が満ちていた。必死に駆けながら、兄弟は恐怖で頭の中を真っ白にしていた。なにがなんだかわからない。血の巡りが偏っているのか、枝の隙間から覗く月が真っ赤に見えた。

闇は幻を生む。

猿のようなものが木の枝を飛び交っている。それは小柄な老人にも見えた。ひっ、ひひっ、と不気味に笑っている。ぎゃー、とこの世のものとは思えない鳴き声が聞こえた。なぜか血の匂いもした。

「天狗じゃ！　ついに金星人が攻めてきおった！」

逸朗が錯乱の叫びを発した。

木刀剣士である左武朗は、他の兄弟ほど恐慌の体を見せていない。どちらかといえば、童子が遊ぶ鬼ごっこの気分が強かった。

それでも、

「ぎゃっ」

と悲鳴を漏らした。

闇の中に、お紅を見た気がしたのだ。

これも森が見せた幻であろうか。お紅は左武朗の姿を認め、にんまりと淫靡に笑う。左武朗の股間に熱いしぶきが迸った。

どこをどうやって逃げたのか――。

本所外れの屋敷へ、なんとか五人は駆け込んだ。

「なんです。騒がしい」

長刀を抱えた母が出てきた。

「母上!」「お逃げ下され!」

すぐに刺朗も追いついてきた。

「ひっ、ひひっ!」

土まみれの裸足であった。

白衣の裾は乱れ、木の枝に引っかけたのか生地が裂けている。髪を結った糸が切れて、ざんばらに乱れ狂っていた。異様に気を昂ぶらせたあまり、鼻血を噴き、涎を垂らし、汁という汁で顔中を汚している。

絵に描いたような乱心者であった。

「覚悟するがよい! かくなる上は皆殺しじゃ! わしが当主の座をもらいうける! おお、そうじゃ! 狸も狐も打ち殺してやろう! それがよい! 下克上じゃ! わしが下克上をするのじゃ!」

叫びながら、ぼろぼろと涙を流していた。

「ふん」

母は、呆れたような鼻を鳴らした。

ぶんっ、と長刀が一閃した。

「くけ……！」

刺朗の身は、くの字に曲がった。

ふり上げた金槌を、ぽろりと手から滑り落とした。血がしぶかなかったところを見ると、斬ったのではなく、したたかに強打しただけらしい。

かくして――。
安らかに悶絶した刺朗は、五人の兄弟たちによって手荒く運ばれ、めでたく座敷牢へと押し込めにされたのであった。

五

刺朗は、闇の中で安らいでいた。

冷たい床板だ。

ごろりと横むきになって転がり、膝を抱えて身を丸くしている。

座敷牢とはいえ、しばらくは使うこともないと思われていたために、いまだ畳は運び込まれていないのだ。

——来世は、もう人でなくともよかろう……。

異様な昂揚は醒め、激情の荒波は引いていた。

ひとりきりになったことで、不思議と心が和んでいる。この狭さと暗さは刺朗の好みにはあっているようであった。

改めて、胸の内で問うた。

——士道とは？

いつでも死ねるという心構えだ。

そのために禄を食んでいるのだ。

死狂いとなり、忠義のためには己を捨てる道であった。

武士は、どこに忠義を求めるのか？

主君であろう。

幕臣であれば、徳川家の将軍様となる。

だが、御目見得したこともない将軍家への忠義は、やはり明瞭さに欠けている。もっと明確な的がほしかった。目当てがなければ、狙いを定められない。刺朗にとって、一心に忠義を傾けるに値するものとは——。

「ああ……もし、将軍様が猫であれば……」

猫とは良いものである。

その生は気楽であり、いかなる悩みもないはずだ。可愛い素振りで飼い主を楽しませ、気がむいたときに甘えれば餌をもらえるのだ。居眠りに厭きれば、ひょいと散歩に出て、そのまま帰らずともよい。

なれるものであれば、猫になりたい。

――なれないのであれば、どうすればよいというのか？

人に神様がいるのであれば、猫の神様がいてもおかしくはない。

猫神様に忠義を捧げ、一心に祈れば良いのだ。

――さすれば、来世は猫になれよう。

光明が見えた気がした。

独自に『葉隠聞書』を解釈した刺朗は、現実の挫折と屈折によって歪みを加味し、新たな悟りの地平を切り開かんとしていた。

眼を閉じた。

ひさしぶりに、よく眠れそうであった。

外では風が吹いている。

轟々と音をたてていた。

刺朗は気付かなかったが――。
このとき、座敷牢に火を付けた不埒者がいたのだ。

まさか、ひと晩のうちに二度も起されるとは――。

「井戸で水をくんでまいれ！　川でもよいぞ！」

「刺朗！　刺朗！」

鼻の利く左武朗が、夜風に含まれたきな臭さに気付いたのだ。五人の兄弟が跳ね起き、裏庭へ飛び出したときには、すでに座敷牢は燃え盛っていた。

油でも撒いたかのように激しい炎上だ。その火勢は凄まじく、桶の水をかけたくらいでは太刀打ちできそうにもなかった。

「刺朗兄、世を儚んで、みずから火をつけたんじゃねえだろうな」

「猫好きとはいえ、まさか〈赤猫〉にはなるまい」

「火をつけた猫を放つので〈赤猫〉を這わすというのです。刺朗の兄上が、そのようなことはしないでしょう」

「自棄になって、我が身に火をつけたのかもしれん」

「ならば、ただの火だるまじゃ」

「与太や詮索はあとじゃ。今は火を消すのだ」

「狸と狐は、まだ寝ておるのか？」

「眠いので、朝まで起すなということです」

「なんと呑気な……！」

父と母は寝床に籠り、老人の安吉も夜中に起きるのは辛いようであった。鈴だけが寝ぼけ眼で出てきて、眠そうに火消しを手伝ってくれた。

鎮火したころには――。

白々と夜が明け、座敷牢は跡形もなく焼け崩れていた。

消すことは消したものの、貪欲な炎は、もはや燃えるものがなくなって渋々と萎んだだけのようであった。

接する民家がなく、風が弱いことで延焼はなかった。

「役人が参っても、知らぬ存ぜぬを通せ」

武家が火事を起したと知れたら切腹は免れない。

「むろんのこと」

「焚き火が大げさになっただけのこと」

「げにげに」

兄弟は焼け跡をほじくり返してみたが、刺朗らしき遺体は出てこなかった。

「骨まで焼けたか？」

「まさか、そこまで火勢は強く——」

「皆の衆……おはよう」

その声にふり返り、五人の兄弟たちは驚愕することになった。

「刺朗！」「兄上」「迷いやがったか！」

焼け死んだと見做されていた刺朗が、田畑のほうから戻ってきたのだ。

髪はざんばらで、着物が焦げつき、顔は煤で真っ黒であった。昨夜の形相は恐ろしかったが、これには兄弟も笑うしかなかった。

「足はあるな」

「幽霊ではないようだ」

「どうやって逃げた？」

刺朗は童子のごとく無邪気に首をかしげた。

「わからぬ……」


刺朗も戸惑っていたのだ。

炎と煙に巻かれて気を失い、気がつくと神社の鎮守の森であった。

妙に身が軽かった。

よく眠れたせいか、鬱屈とした気も、嵐が過ぎ去った空のごとく清々しく晴れ渡り、すっきりとした心持ちであった。
だが、それでも――。
来世は猫に生まれたい。
その想いだけは、終生において変わらなかったという。

第五幕　呉朗の莫迦

一

呉朗は葛木家の五男である。

四兄一弟からは、

「儒教莫迦」

と陰口をたたかれている。

儒教の朱子学において、君主は絶対である。

下克上などあってはならない。

天地が引っ繰り返ろうとも人の上下は変わらないのだから、臣民は余計な野心を捨てて己の職分を全うせよ——という治政の教えだ。

ならば、目上に媚びてなにが悪いというのか？

六ツ子の中では、人並みに出世欲もある呉朗だ。

愚かな兄弟どもとはちがうのだ。立身出世を目指して勉学に励み、いつかは城勤めの算盤侍にならんと志を抱いていた。

だが、六ッ子のひとりだけあって、頭の出来はたかがしれていた。それに気付いてからは、愛想と如才のなさで世間を渡らんと考えた。

「太鼓儒者」

「幇間武士」

と四兄一弟から誇られることになった。

それがどうしたというのか？

朱子学の徒である。歳と身分が上であれば、低い物腰でへつらうことに寸毫さえも躊躇う呉朗ではなかった。

しかし、それでも先は見えてしまった。上役に賄賂で取り入ろうとしたところで、葛木家には肝心の金子がない。

家格が高くなければ、そもそも偉い人へのお目通りすら叶わない。

どうあがいたところで、微禄の武家では先行きもしれている。それに気付いてしまい、呉朗の出世欲も萎えてしまった。

苦労するために生まれたわけではない。

無駄な夢を追ってもしかたがない。

そこに至って、ようやく呉朗は開眼した。

——金銀こそ力ですよ。

商いが卑しきものとは昔の話だ。

いまでは大名も江戸市中の土地を買い漁り、値が上がった時期を見計らって売り、利ざやを稼いでいると聞く。

ご禁制？

抜け穴は求めればあるものだ。

むろんのこと、表だって売り買いはできない。信の置ける商人と結託せねばならなかった。それさえも、いまさらの感がある。武家は扶持米を売ることさえ、札差の世話を無視できないのだ。

つまるところ、武家より商人の世なのだ。

ゆえに——。

二

行楽には良い日和である。

　いつもの日銭を稼ぐため、不肖の六ッ子たちは芝居小屋や大道芸人がひしめく浅草寺の奥山へと押しかけていた。

「おい、あれを見よ」

　雉朗に声をかけられ、逸朗と碌朗もふり返った。

「うむ？　呉朗ではないか」

「こちとら忙しいってえのによぅ。手伝いもしねえでなにやってんだ？」

　松の木の陰で、葛木家の五男と老下男の安吉がひそひそと談じている。奇態なことに、呉朗の顔はだらしなく笑み崩れ、あひゃ、うひひ、と気味の悪い笑い声がこちらにまで届いてきた。

「ううむ……」

「悪辣な顔をしおって……」

「なあに企んでんだかしらねえが、ありゃ、いまのうちに斬っておいたほうが世のためになりそうじゃねえか？」

　それぞれが微妙な顔をこしらえた。

　安吉が三人に気付き、ぺこり、と頭を垂れて立ち去った。

「む、安吉は帰るようだ」

「呉朗がこちらにくるぞ」

「眼を合わせねえほうがいいんじゃねえか？」

呉朗は、満面の笑みで歩み寄ってきた。

「我が同胞たちよ、この世の栄華は金子次第ですぞ」

「お、おう……」

「我らも忙しいからのう……」

「ああ……そろそろおっぱじめようじゃねえか」

どうにも気味が悪い五男から眼をそらすと、長子と次男と末弟の三人は竹と紙でこしらえた龍の頭をかぶった。衣裳は農家からもらった藁を荒く編んで蓑のように仕立てたものをはおっている。

ほほう、と呉朗はわざとらしく眼を見開いた。

「新たな趣向を考案されましたか」

「三ツ首の大蛇をやるのだ」

逸朗がそう答えた。

雉朗と碌朗は、長兄の両脇からがっつりと肩を組み、大蛇の動きを模したつもりでうねうねと踊って実演までしてみせる。

「なるほど。素晴らしいですね。——左武朗の兄上は？」

「そこじゃ」

雉朗が顎先で示した。

「ほいっ、惜しいぞっ、それっ」

左武朗は客に木刀を持たせ、好きなように殴りかからせていた。足もとは動かさず、上体だけで客の木刀を避けている。

なるほど、なるほど、と呉朗はしきりに感心している。

「刺朗の兄上は姿が見えませんね」

それには碌朗が答えた。

「町屋の湯屋で罐焚きやってるぜ」

「刺朗は大道芸にはむいておらんからな」

「河童の踊りも下手だ。肌に色を塗ることも嫌がる。だが、燃える火ならば、いつまでも飽きずに眺めていられるようじゃ」

「ああ、なんというういじましさ。小銭のために、そのような苦労を……」

呉朗は、くぅっ、と袖を目元にあてて泣き真似までした。

癇に障る言い草であった。

「ご同胞たちよ、もはやご案じ召されることはありません。わたくしにお任せいただければ、我らの苦境を脱してみせましょう」

生臭い笑みを浮かべていた。

恐る恐る、逸朗は訊いてみた。

「それは……葛木家を継ぎたいということか？」

「おやおや、それほど厭な顔をされなくともいいではありませんか」

「まあ、呉朗は腹黒いからの」

雉朗が吐き捨てた。

「目上に媚びても、目下には酷薄だ。当主となれば、兄弟たちを見下すことは火を見るよりもあきらか。よって、そなただけは身共も御免こうむる」

「ははっ、雉朗の兄上までそのようなことを」

「雉朗の申すように、兄弟の中でもっとも権力を与えてはならない男だなあ」

「いえいえ、ご安堵くだされ。わたしの野心は、たかが微禄の家名を継ぐとか、そのような些事ではありませぬ」

「へっ、些事ときやがったか」

碌朗は鼻先でせせら笑った。

それでも呉朗は胡散臭い笑みを絶やさない。

「わたしはね、もっと莫大な金銀になることを語っているのです。銭ではありません。金と銀のことですよ」

「まあ、話を聞くだけは聞こうか」

「金子については、もっとも煩い男だからな」

「呉朗兄が得意なのは、目先の算術だけじゃねえか。小銭を隠し持ってんのに、いつも素寒貧のふりをしやがる。んなこたあ、こちとらご存知なんだよ」

「くだらない話であれば袋だたきにすればよいだけじゃ」

そのとき――。

ぼかっ、と小気味の良い音が響いた。

「うはははは！」

左武朗が笑っている。

眼をむけると、浅草の破落戸が地面に頭突きをくれて倒れている。調子に乗った左武朗が、木刀を奪って殴り返すという妙技を披露してしまったらしい。

「疾く退くぞ」

「三ツ首の大蛇は、またのお披露目にするか」

「がってんでい！」

三

六ツ子たちは本所外れの屋敷で顔をそろえた。

座敷牢の中である。

内密の話をするには、ここが好都合であると呉朗がのたまったせいだ。

目障りであった座敷牢が焼失したことで快哉を叫んだのも束の間だ。狸面の父が、六ツ子たちを使役して再建してしまった。

座敷牢の再建を喜んだのは、刺朗だけである。湯屋から呼び戻されて、罐焚きの火照りが残る顔をうっとりと蕩けさせている。

「さあて、皆の衆」

呉朗は、もったいぶって咳払いをした。

「金銀こそ力です。町人でさえ武家株を買えば大小を差す身分になれます。ゆえに、我らは商人を目指すべきでしょう。莫迦な武家など騙して大儲けするべきです。そうです。お大尽になるのですよ。江戸には全国の物という物が集まってきます。すべてが間に合っている。それどころか余っている。高価なものもあれば安物もあふれている。じつに豊かです。家宝になる物から子供の玩具まで、なんでもあります。物が豊かなら、江戸の民は娯楽を求める。それゆえ、我らは大道芸で小銭を稼ぐことができましたが、その程度の儲けでは――」

呉朗の舌鋒は止まらない。

かっと眼を剝き、天を睨み据えてしゃべりつづけ、口の端から唾を白い泡として飛び散らしていた。

「呉朗め、狐でも憑いたような」

「うむ、逸朗の兄者が戯作の筋を語っておるときと似ておる」

「……おれ、あんなだったのか？」

「あんなであったな」

「どうする？　またモッコで運ぶか？」

「いや、戸板でよかろう」

「待て待て。どこへ運ぶというのだ？」

兄弟が交す与太も、呉朗の耳には届いていなかった。

商人の道も正面から挑んだところで自滅するだけだ。物を作って売るため、誰もがしのぎを削って争っている。その渦中に飛び込んで戦うのは、職人の技と知識がいる。

既存の商いも、すでに利権として確立され、新参者の横入りは難しい。

つまるところ――。

「地道にやっても実入りはしれています。大きく張って、大きく儲けねばなりません。山師が金銀を探り当てるがごとくです。商いの好機は逃げ足が速い。その機を捕えるため、魚を獲る網のごとく金子を投じ、莫大な富を得るのです。すなわち、これ〈投機〉。この〈投機〉によって銭が銭を生めば、いずれは廻船を贖って、異人の国々と商いができましょう」

「ほう、異国ときたか」

「剣術も算術の世じゃからのう」

逸朗は感心し、左武朗もうなずいた。

どこか人の良いところがある雉朗は首をかしげる。

「阿漕なことで儲ければ、人の嫉みを買うのではないか？」

「貧民の嫉みや僻みなど、物の数ではありませんな」

呉朗は鼻先で嗤った。

「なんという悪辣な面を……」

「ついに正体をあらわしおったか」

「欲で頭が沸騰してんじゃねえのか」

兄弟たちは怯んだ。

「では、その投じる金子をいかにして得るのだ？」

「まさしく、そこが肝要ではないか」

「ええ？　どうなんでえ？」

詰め寄られ、ふふ、と呉朗は笑った。

「ご案じ召されるな。すでに十両あるのです」

「なんと！　十両となー！」

「いかにして手に入れたのだ？」

「盗んだとなりゃ、ちょうど首が飛ぶぜ」

十両となれば、十石取りの扶持に等しい。二百石取りの葛木家が微禄であることを考えれば、たいしたこともないと思えるものの、これを独り占めしたとなれば目の色を変えざるをえなかった。

「盗んだのではありません。浅草で拾った紙札が当たっていたのです」

「あの陰富か？　たしか、あのときは外れと……」

「当たり札を独り占めしておったのか！」

「……外れと見間違えたのですよ」

呉朗は空々しく惚けた。

陰富の札は、お上の眼を盗んでいるだけに高価である。

拾った紙札が当たっているとは思っていなかったが、下男の安吉が同じ陰富を買っていたらしく、当たりの番号を教えてもらった。安吉は外れであったが、呉朗の紙札は十両が当たっていたという。

「おのれ、ぬけぬけと」

「ふてえ了見じゃねえかよ」

よせよせ、と逸朗が手をふった。

「陰富の当たり番号など、拾ったときにわかるはずもないわ。それにしても、拾った紙札だ。よく銭に替えられたものだ」

「銭に色はついておりませんからなあ。清濁合わせ飲んでこそ、人の器量がわかるというものではありませんか」

富クジの札には、いくつも当たりがある。

第一番目に三百両、そこからは五回ごとに十両、十回目ごとに二十両、五十回目は二百両、留めの百回目に千両という褒美金になる。

十両とは、もっとも下位である。

それでも、腰が砕けるほどに驚いた。

そして、兄弟たちに悟られることを怖れた。

手元に十両が転がり込んできたとなれば、さんざん飲み食いにたかられた揚げ句、懐には一文すら残さず消えるに決っていた。

ここで無駄遣いするわけにはいかなかった。

ようやく機運が巡ってきたのだ。

呉朗は、安吉に当たり札を託して首尾よく十両に替えさせ、さきほど奥山で受けとったばかりだ。これを元手に金子を増やす手立ては、昼夜を問わず、さんざん悩みに悩み抜いていた。

「各々方、ここから大勝負なのです」

算盤侍の気魄を感じたのか、兄弟たちは顔を見合わせる。

「なにをしでかすつもりだ？」

と長兄が訊いてきた。

にたり、と呉朗は笑った。

「木綿の相場で手堅く儲けるのですよ」

四

さらりと半月ほどが経った。

「愚息どもは、なにをしておるのだ？」

葛木主水は、屋敷の庭先を眺めて呆れ顔をした。

狭い庭にゴザを敷き、呉朗が正座をしてうなだれている。なぜか白装束で、その顔は死人のように蒼ざめていた。

　残りの兄弟たちが、五男を囲んで厳粛な面構えを作っていた。

「さあ……」

　妙の声は素っ気ない。

「まあよい。登城して参る」

「お気をつけて」

「うむ」


　なんでえ、と碌朗が眉を吊り上げた。

「あの狸め、どこ出かけやがんだ？」

「千代田の御城であろう」

　逸朗が答え、ちっ、と雉朗は舌打ちした。

「この大事に、なんと呑気な」

　まさに葛木家の命運がかかっているのだ。

　刺朗が抜き放った白刃へ、左武朗は柄杓の水をかけて清めている。

「ああ……死んでしまいたい……」

　呉朗は、光を失った眼をしてつぶやいた。

木綿、油、紙、薬種、砂糖、鉄、蠟、鰹節。

大名にも町人にも欠かせぬものであり、西国などの各産地から廻船によっておびただしい量が運び込まれている。

江戸には地方で困窮した逃散農民などが流れ込み、ますます木綿の需要は増えるばかりで、手堅く儲かるはずであった。

昔は独占されていた廻船業も、幕府が命じた問屋仲間の解散などで新たに参入する商人が多くなっている。大店は無理としても、新参の廻船問屋に伝手を作って、呉朗は木綿相場に大枚を投じたのだ。

ところが——。

「品川の港に着くはずの船が嵐に遭って積荷ごと沈むとはのう」

呉朗の夢と野心は、海の藻くずとなって消えたのだ。

「……わたしは屑でございます……はやく殺してください……もはや、このようなわたしに生きる希望はありませぬ……」

「あれほど意気っておったのに、なんと凋落の激しい男よ」

「博打で負けるってなあ、そんなもんさ」

「はい……わたしは屑で……はやく、はやく殺して……」

「うむ、そのために、わざわざ切腹の場を整えてやっておるのではないか」

「切腹の作法は、どんなであったか」

「沐浴はさせたな。腹を切る前に、酒と肴を与え、湯漬けも食わせるらしいが……朝餉をいただいたことだし、まあよかろう。どうせ死ぬのだ。畳は血で汚れるともったいないゆえ、ゴザで我慢じゃ」

「おい、方角はこれでよいのか？」

「検視役の座はどこだ？」

「切腹人と対座じゃ」

「ううむ……厭な役目じゃのう」

「介錯人はどこに立つ？」

「わしは本身は厭じゃ。介錯は刺朗に任せたぞ」

「くっ、武家の商法もまた死狂いなり」

兄弟たちに情けや容赦はなかった。


呉朗は、むざむざ十両を失っただけではない。

それだけであれば、兄弟たちも当たり札をくすねられたことに怒るだけで、しょせんは泡銭だと諦めていたであろう。

だが、呉朗には諦めがつかなかった。

どうしても損を切り捨てられなかった。

博打とは、負けを認めなければ負けにはならない。勝つも負けるも、ただの経過にすぎないはずだ。人の懐に穴が空いていれば、その下に手を出せば金子が転げ込んでくる。損はとり返せばよい。

最後に勝って笑えばよかった。

では、どうすれば次の勝負に挑めるのか、その金策をどうするか、呉朗は幽鬼のような顔で思案しながら上野広小路をひとりで訪ねた。

先日、久方ぶりに再会した知人に泣きつくためである。本所の私塾に通っていたころの学友で、藪原兵衛という旗本の三男だ。

ずいぶん世慣れした男で、当たった十両の投資として廻船の木綿相場を教えてくれたのも兵衛であった。

兵衛は実家の屋敷には居着かず、いつも上野で遊んでいると聞いていた。運よく、すぐに見つかった。

廻船が沈んだのは、むろん兵衛のせいではないが、呉朗は大損の埋め合わせとして旨い儲け話はないかと食いつかんばかりの形相で迫ると、兵衛はさして迷惑顔もせず、気前よく次の儲け先を教えてくれた。

町人長屋を買えばよい――というのだ。

わけあって、捨て値で長屋を手放したがっている家主がいるらしい。身内の病で目先の金子が入り用になったという。

町人が相手だから、たいした実入りではない。が、長屋を持っていれば黙っていても小銭が懐に入ってくる。建物は古いが、せいぜい雨漏りがするくらいだ。気になれば、手を入れて直せばよかった。

六ツ子たちが葛木家を追い出されても、その長屋に移り住めばよい。

悪い話ではない、と呉朗は眼を輝かせた。

さっそく話をつけてもらうことに決めた。

捨て値とはいえ、長屋は安い買い物ではない。新たに金子を借りることになり、それも頼りになる元学友が話をつけてくれた。

貸し元は上野界隈を縄張りとする博徒だ。

葛木家の屋敷を借銭の担保にした。

拝領屋敷である。勝手に担保としてよいものではなかったが、事が露見する前に借銭を返せばよいだけのことであった。

平静であれば疑ってかかりそうなものだが、すでに呉朗の頭は沸き立っている。日ごとに小銭が手元から逃げていく妄想にとり憑かれていた。

で――。

それきり、音沙汰がなくなった。

長屋の件がどうなったのか、兵衛の実家を訪ねていくと、兵衛は遊び好きが祟って父より勘当されていた。どこにいるのかも家の者さえ知らないという。

——騙された！

呉朗は真っ青になった。

借銭だけが残った。

いや、残っただけでは済まされない。借りたものは返さねばならない。上野の博徒は容赦なく取り立てにくるであろう。

返すあてなど、貧乏武家の五男にはなかった。

ここに至り、ようやく兄弟たちに告白することになった。腹を括ったというより、ひとりで背負える重みを越え、不安と焦りで頭の中は濁り果て、まともにものを考えられなくなっていたからだ。

そして、この仕置きである。

「呉朗、まず裃を脱ぐのだ。右から片肌にせよ。それから、左手で脇差を握れ。右手は添えて押し頂く。そうじゃ。次に——」

へその上一寸ほどのところに、切先を突き立てる。左から右へ腹の皮を裂く。切腹人が存分に刀を引きまわしたところで、介錯人が首を斬り落とす。

　死への恐怖で切腹人が見苦しき振る舞いに及んだときには、親兄弟など一族が寄ってたかって押さえつけ、なんとか始末をつけなければならない。

「しかし、どうであろうな……」

「雉朗、検視役が厭なのか？」

「それもあるが、腹を切らせたところで、その兵衛とやらに持ち去られた銭は戻らぬ。お上の知るところとなれば、当家は取り潰しを免れまい」

「狸めが借銭を返したとしても、わしらは勘当であろうな」

「勘当で済めばよいほうだな」

「だが、どうする？　わしらに金子はないぞ」

「まあ、どうにもならぬことは、どうにもならぬのだ。借銭のことは、呉朗に腹を切らせてから皆で思案しよう」

「そうだな」

「いざ、腹を召されい」

　そのとき、しわがれた声が遠慮がちにかけられた。

「若様、お待ちくだせえ」

　下男の安吉が、腰をかがめながら庭にやってきた。

「じつはお耳に入れたいことがありやして」

「あとにせよ。我らは忙しいのだ」

「じじい、そこは血が飛ぶぞ」

「退け退け」

「へえ、その血が飛ぶ騒ぎの大本になった件について、おかしな噂を耳にしやしてね、わしと鈴でちょと調べてみたんでさ」

六ッ子たちは顔を見合わせた。

「安吉、詳しく申せ」

五

大損に錯乱した呉朗が、兵衛のもとへ助けを求めにいったところ、安吉と鈴も暇をもらって上野広小路で遊んでいたのだという。

そして、たまたま呉朗の姿を見かけた。

呉朗は顔色が悪く、知り合いらしき若い男——兵衛と話し込んでいた。

下男と下女は、なんとなく気になって眺めていたらしい。

ふいに呉朗の顔が明るくなり、本所の方角へ駆け戻っていった。

それを見計らっていたかのように、やくざ者らしき男が兵衛に擦り寄ると、ふたりは人の悪そうな笑みを交し合ったのだという。

安吉と鈴は、何気なく近づいて聞き耳を立てることにした。

兵衛は、呉朗を間抜けと嘲弄していた。

元学友が身の丈に合わない十両もの大金を持っていると知るや、即座にこれを騙しとるつもりになった。じつに上手くいった。木綿相場の詐欺を持ちかけると、ひょいひょいと呉朗は乗ってきたのだ。

しかも、呉朗は騙されたとは気付かなかったばかりか、大損に焦り狂って次の儲け話まで聞きにやってきた。

間抜けにもほどがある。

まだ騙せそうだ。

ほくそ笑んだ兵衛は、そこで町人長屋の一件を持ち出した。

悪い仲間である博徒に借銭をさせ、呉朗にしっかりと証文も書かせた。借銭は、そのまま兵衛が懐に預かった。

あとは、兵衛が姿をくらますだけだ。

取り立ては、やくざ者の役目である。体面を重んじる武家であれば、証文を眼の前でふって見せるだけで親は素直に払うはずだ――と。

「許せん！」

六ッ子たちは、それを聞くなり激昂した。

「そ、そんな……わたしの金子が……そんな、ひどい……え、ええ、許せませんとも。なんとしてでも成敗しなくては、腹がおさまりません」

呉朗に至っては、くわっと眼を剝いて総身を激しくふるわせ、口から泡を噴きそうなほどに怒り狂っていた。

「あたしは本所の屋敷に戻らなくてはいけないんで、その兵衛とかいう男を鈴に尾けさせたんでございます。で、幾日も戻ってこないんで案じていたんですが、ようやく今朝になって帰ってきました」

「どこに兵衛が身を潜めているのか突き止めたのだな？」

「へい」

「でかした」

「さすがは我らの妹じゃ」

「妹ではないがな」

「安吉、狸には報せておらんな？」

「それは、もう……へい」

「それで、どうする？　敵討ちでもするか？」

「だが、銭の敵討ちとはなあ……」

「呉朗の切腹よりは楽しかろう」

「そうよの」

「では、やるか」

「どうせなら、派手にやらかそうぞ」

六

月に薄雲がかかっている。

ちょうどよい明るさだ。

真っ暗闇では先が見えず、月が照っていれば見えすぎてしまうからだ。

「夜の海は怖いなあ。港から出航すれば、もはや戻れないような気になる。昼でも底が見えぬのが怖いのだな。暗い海原から、なにかが攻め寄せてきそうで……」

「兄者、なにが攻めてくるというのだ？」

「蛸とか……烏賊とか……」

「蛸や烏賊のどこが怖いのじゃ」

「そ、それだけではないぞ。海の真ん中で船が沈みでもすれば、どこまでも沈んで溺れてしまうではないか。ああ、しかし、竜宮城は良いなあ……。ほれ、あんみつ屋の娘な、どこか乙姫に似ておらぬか？」

「乙姫など逢ったこともあるまいに」

品川宿の海であった。

板橋宿、新宿宿、千住宿と並び称される四宿のひとつで、日本橋から二里のところにある。東海道五十三駅のはじまりとして、参勤交代の大名が行列で往来し、旅籠屋も軒を連ねる盛り場であった。

こんなときでなければ宵っ張りで遊びたいところである。

「安吉、どこだ？」

「まだ見えぬか？」

六ッ子と下男は、漁師の小舟に乗り込んでいる。

櫂を握っているのは左武朗と碌朗である。撃剣莫迦と町人かぶれのふたりだが、意外なほどに漕ぎ手として息は合っていた。

呉朗は舳先にへばりつき、海原の先を血走った眼で凝視している。

「あの廻船ですね」

菱垣船が、暗い波間に漂っていた。

「兵衛とやらは、あそこにいるのだな？」

「へえ、鈴が見届けましたから、それはたしかで」

「兵衛め、廻船問屋に伝手があることは本当であったようだな」

「もしや、これが嵐で沈んだという廻船か？」

「沈んでおらぬではないか」

「港に入って船を繫がず、このようなところで錨を下ろしておるとは、後ろ暗いことをしておるということではないか」

「なにからなにまで、いかさまということじゃな」

「許すまじ！」

「よし、舟を寄せて斬り込もう」

「うはは、海賊になったようで楽しいのう」

鉤縄を舷側に投げ上げた。がつっ、と菱垣に引っかかる。ひょいっ、と左武朗が先陣を切って縄を登っていった。

逸朗たちもそれにつづく。

妙な音を聞いて、水夫がぞろぞろと出てきたが、刺朗が大声でわめいた。

「柄杓をよこせ～」

「ふ、船幽霊じゃ！」

妖怪でなくとも怖かったであろう。

六ッ子たちは顔に墨を塗り、眼ばかりが光っていた。水夫は脅え、抜き身をふりまわす
六ッ子たちから逃げまわった。いつもの竹光と木刀だが、夜目には真剣のごとく見えてい
たはずだ。

「兵衛はどこだ？」

「荷室であろうな」

六ッ子たちは、荷口から船の中へ飛び込んだ。

むさ苦しい男どもが驚きの形相で迎えた。暇潰しに博打をしていたのか、行灯が散らば
った手札を浮かび上がらせている。

呉朗は、目敏く知った顔を見つけた。

「兵衛！　銭の恨みじゃ！」

ひっ、と兵衛の顔が恐怖にひきつる。

呉朗は、その眉間に木刀を叩きつけて快哉を放った。

「覚えたか！」

兵衛は、あっさりと昏倒した。

都合のよいことに上野の博徒までそろっていた。どちらにせよ、草の根を分けても探し

だして借銭の証文を奪わなければならなかったのだ。

「てめえら！　どこのもんじゃ！」

荒事に慣れた博徒は、懐から匕首をとり出した。が、それを構える間もなく左武朗の木刀が一閃し、博徒は雑木のようになぎ倒された。

「成敗！」

「証文はどこだ？」「懐を探れ」「あったぞ」「燃やせ！」

行灯の火で証文は燃やされた。

「これで一件落着よ」

「悪党を懲らしめるのは気分がよいものだ」

「若様！　御用船がきましたぞ！」

安吉の声であった。

「では、逃げるか」

「あとはお上の裁きに任せよう」

小舟に戻って、ふたたび左武朗と硌朗が漕ぎ手となった。

充分に離れたところでふり返ると、廻船は海原を赤々と染めるほど盛大に燃え、なんとか火を消そうと水夫が大騒ぎをしている。

「おお、燃えておるな」

御用船は、炎を目指して船足を速めていた。沖に出ていることが仇となり、これで悪党どもも逃げることもできないであろう。

「刺朗の兄上、なぜ火をつけたのですか！」

証文を燃やしたついでに、刺朗が廻船にも火を移したらしい。

「いや、懲らしめになるかと……」

「呉朗、なにを激しておるのだ」

「おまえの敵を討ってやったのではないか」

「荷まで燃やすことはなかったのです！　我らで売り払えば、十両の損をとり戻せたかもしれないのに！」

「懲りないのう……」

兄弟たちは苦笑するしかなかった。

第六幕　磑朗の莫迦

一

末弟の碌朗は、自他共に認める町人かぶれだ。

思慮や思索など馬に食わせろという体であるが、ざっかけな言動に似合わず、じつは老子の一節が好きであった。

古の中国で無為自然を説いた老子は、隠棲を決意して国を去ろうとしたとき、関所の役人に乞われて『道徳』上下編を書き残したと伝わる。

——へんに考えなけりゃ、悩むこともないのさ。ああでも、ええでも、好きに答えればいいじゃねえか。どっちにしろ、そりゃ人に伝わるじゃねえか……。

これは『道徳』上編の第二十章であった。

良しだの悪しだの、なにを決めつけてやがんだ？

みんなが駄目だと？

わからねえよ。

ほれ、見なよ。

みんな楽しそうに笑ってらあ。賑やかに集まってよ、美味いもん食ってよぅ、お天道さまもご機嫌で、そりゃ眺めもいいってもんさあ。

それに比べて、おいらは独りだ。なにか成し遂げたってわけじゃねえ。まだ子供のほうが幸せかもなあ。

安らぎのねえ世さあね。

どこへ転がるかわかんねえ。

うん、みんな贅沢してらあ。豊かじゃねえか。おいらは空っケツだ。ただの莫迦かもなあ。能無しで役立たずに見えるだろうよ。

みんな表で輝いてんのに、おいらは日陰にいるからな。

誰も元気で忙しそうだ。

でも、おいらは弱々しくうずくまるだけさ。

みんな利口そうなのに、こちとらなんの取り柄もねえみてえだ。

そう、愚鈍な田舎もんのようにな。

でもな、おいらは足りる術を知ってるぜ。

そして、それだけを尊いと信じてるってわけさ……。

――沁みるねえ。

莫迦で、無能で、役立たずというところが格別に刺さる。

それでも良いというのだから、老子の思想は愚人に優しいのだ。

ゆるいからよい。

ゆるいだけではなく、深い教えなのだ。

太平の世を求めるならば、戦の世を拒んではならぬ。差別を憎むなら、平等をなくさなければならない。

人は弱くなくては駄目だ。莫迦でなくてはならない。無為無欲でなくてはならない。優位にたたず、自然にならなくてはならぬ。

これが無為自然の境地だ。

とはいえ――。

しょせん、莫迦は莫迦なのだ。

若者が退屈に倦み果てれば、無為も自然もどこ吹く風で、またぞろくだらないことを仕出かすのであった。

二

「ああ……良き日和じゃ……」

誰かがあくび交じりにつぶやいた。

莫迦には蒼天がよく似合う。

六ツ子たちは屋敷の屋根に登っていた。

莫迦と煙は、やはり高いところを好むのだろう。

頭を並べて瓦に寝転んでいた。白い雲が悠然と流れていく。陽射しを浴びて、瓦がじりじりと熱くなる。このままでは、莫迦の日干しが出来上がるであろう。それが自然の理というものであった。

ふああ、と逸朗もあくびをした。

「暇よのう……」

もっとも駄目なことを口から吐いた。

「なんでえ、いつものことじゃねえかよ」

「金子もない」

「それも、いつものことではないか」

「ゆえに……おれは遊びたいのだ」

「それはわかる」

「遊びたいのう」

「遊ぶしかなかろうな」

跡目争いは暗礁に乗り上げ、自立を探る道も難破した。手段は尽き果て、行き詰り、ついでに気力も萎えて諦観と弛緩に至っている。

進歩はなく、進退も極まった。

それゆえに――。

「吉原などの遊廓で派手に遊びたいのう」

「金子無しで遊べる手立てはないものか」

どうにもならぬことはどうにもならぬ。せめて心だけでも神仙郷に漂わせ、過酷な現世より逃避するしかないではないか……。

――埒もねえこった。

碌朗は、遊び人になりたかった。

賑やかな遊廓で一生遊び暮らしたいのだ。

廓遊びに憧れたところで、懐を吹き抜ける空っ風がやむことはない。もっぱら落語の艶っぽい廓話で耳ばかり肥やしていた。

だが、ふと思いついたのだ。

金子は余っているところには余っている。羽振りのいいお大尽にくっついて幇間として楽しく生きれば……。

「ああ、どいつもこいつも、しみったれやがって。こちとら末っ子だから、兄さんらのお手並み拝見を決め込んでたが、もう見てらんねえな。しょうがねえ。おこがましくも、このおいらがひと肌脱いでやっか」

碌朗が威勢よく啖呵を切った。

「ふん、町人かぶれめ」

「末弟ごときに、なにができると？」

五人の兄たちは冷ややかだ。というより、熱くなった瓦の上で炙られすぎて、その眼は干し魚のごとく虚ろであった。

「おうおう、サンピン侍どもめがよ」

屋根の上で、碌朗はさらに大見得を切る。

「耳ン穴かっぽじって、よっく聞きやがれってんだ。口はばってえことながら、この碌朗さまに良い思案があるってんだよ」

三

本所南の悪所である。

長岡町や吉岡町では、さすがに葛木家の屋敷が近すぎる。が、両国橋を渡ってしまえば役人の眼も煩くなってくる。

大川で隔てられながらも、本所を南北に分断する竪川の南側が狙い目だ。松井町から、さらに奥に入った常盤町が、まさにうってつけである。

「ここは出合茶屋であったらしい。まあ、出合茶屋といっても、近くの置屋から遊女を招いて客と遊ばせる揚屋よ」

この空き店を見つけてきたのは、下男の安吉であったが、なぜか逸朗が手柄顔をして口上を並べていた。

碌朗は訊いた。

「てえことは、いまは店を閉めてんだな?」

「うむ、お上の手入れをくらったのだ」

「主人もお縄かい?」

「そうだ。しばらくは牢から出てこれまい。だからといって、店を遊ばせておくのも勿体ない。それゆえ、家主から安く借りられるそうだ」

「お誂えじゃねえか。こいつは気に入ったぜ」

碌朗はご満悦で、つるりと顔をなでた。

人目を憚る出合茶屋であっただけに、狭い裏通りに面している。そのあたりも、碌朗が狙う商いにはちょうどよかった。

「碌朗よ、どのような店をやるのだ？」

「色茶屋さ」

しれっ、と碌朗は答えた。

五人の兄たちは顔色を変える。

「色茶屋はいかん。役人に眼をつけられるではないか」

「へん、わかってらい。そんな間抜けはしねえよ」

「では、色茶屋ではないということか？」

いやいや、と碌朗はかぶりをふった。

「色茶屋は色茶屋だぜ」

「わからんことを……」

「だからよぅ、茶屋で色を売ることにゃ変わりねえ。ただし、岡場所じゃねえから、お上の許しはいらねえんだ」

呉朗は疑わしげに眉をひそめた。

「しかし、そのような美味い話が……」

「あるともよ」

「陰間茶屋でもやろうというのか?」

「うへっ、気色の悪いことというんじゃねえや。おれっちは、なにもお化け屋敷をおっぱじめようってえわけじゃねえんだ」

碌朗は、ぶるりと怖気をふるった。この兄たちが女装し、しなを作ったところを思い描いて胸が悪くなったのだ。

「だが、色茶屋ならば女郎がいる。ここに揚げられていた置屋の女どもは、罰として吉原遊廓の端女郎にされておる。伝手もなく、どうやって集めるのだ?」

碌朗には、すでに当てがあった。

「まあ、魚河岸とかだな」

「魚河岸? 女をか?」

雉朗が驚いた顔をした。

「女というか、雌だな。猫を集めるのさ」

「猫など集めてどうする?」

「そりゃあ、座敷に上げるんだよ」

「なにを申しておるのだ」

わからんわからん、と鈍い兄たちは首をひねるばかりだ。

にやり、と碌朗は笑った。

「へっ、そこが肝ってえやつよ。ようするに、こういうこった。遊女のかわりとして、奇麗どころの猫を客にあてがうって寸法さ」

「なんと！」

「ふむ、〈猫茶屋〉とでも称するべきか……」

「珍奇だが、新しい趣向にはちがいないのう」

「だが、猫など座敷に揚げて楽しいのか？」

「楽しいではないか！」

戸惑う兄たちの中で、刺朗の眼だけが輝いていた。

碌朗は話を畳み込んだ。

「おう、いいかい？　江戸のやつらも贅沢になってんだよ。並の娯楽には飽きてんだ。ちょいと目先を変えただけじゃ鼻先で笑われるだけよ。だから、安く遊べる変わり種のほうが受けるはずさ。しかも、猫なら後腐れもねえ」

「そうかのう……」

「刺朗のような変態はともかく……」

「まあよいではないか」

雑にまとめるのは、いつものように逸朗であった。

「碌朗は、我らのくだらない思いつきにも付き合ってくれたのだ。暇潰しとして、碌朗の道楽も手伝ってやろうではないか」

「その伝で上手くいった試しはないのでは？」

「ゆえに、暇潰しよ」

「兄者、我らが崖の縁におることをわかっておるのか？」

「あっはっはっ」

「これは……いかんやつだな」

「うむ、駄目であろうな」

「へっ、外れたところで痛くもねえ」

「たしかに大損はしませんね」

「夜逃げの準備だけはしておこう」

「葛木家の者とわからぬよう念入りに扮装するべきだな」

「んまあ、とにかくよぅ。この店は借りることにするぜ。上手く話をつけてくんな。岡場所に不景気はねえ。儲かったら、建物ごと買ってやると伝えてくんな。てめえの店がありゃ、いつだって武士をやめられらあ」

「承知した」

逸朗は鷹場に引き受けた。

とはいえ、家主と話すのは安吉であろう。そのほうがいいのだ。万が一のことを考えれば、目立つ六ッ子の顔は表に出ぬほうが都合がよかった。

「で、おれは猫茶屋でどうすればよいのだ？」

「逸朗の兄さんは、口八丁で客引きだ」

「身共は？」

「雉朗の兄さんは妓楼主ってとこだな。とにかく、派手に傾いた着物で、どどんと大きく構えてくんな」

「わたしは帳場で番頭でもやりますかね」

「そうそう。呉朗の兄さんには、それを頼もうと思ってたとこだ」

「拙者は？」

「左武朗の兄さんは、用心棒ってえとこさ。やくざ者が寄ってきたら、容赦なく追い払ってもらう」

「それは愉快じゃな」

「刺朗の兄さんは、玉（女郎）を拾ってきてくれ。なにしろ遊廓ってのは、新鮮な遊女を切らしちゃいけねえからな」

「んなー」

　刺朗は、はやくも猫と戯れるように鳴いた。

「借り賃や仕入れの銭はどうする？　猫は餌代しかかからないとしても、客には酒と肴くらいは出さなくてはならんだろう」

「雉朗の兄さんの傾いた着物や、刺朗の兄さんの刀を質に入れよう。なあに、流れるより先に受け出せばいいのさ」

「うむ、しかたないのう」

「むう、猫のためとあれば」

あとは動くだけである。

「おれは安吉に店を借りることに決めたと話してこよう」

「わしは猫を集めてくればよいのだな？」

「おう、別嬪さんを頼むぜ」

「よしきた」

刺朗は意気揚々と魚河岸へ足をむけた。

「しかし、このような商いが当たるかのう」

雉朗は、まだ釈然としないようであった。

四

杞憂は外れ、猫茶屋は当たった。

大当たりであった。

「へい、お待たせしやした～」

「おっ、ようやく来たか」

「さあさ～、紫蘇太夫の～おな～り～」

幇間役の碌朗が、頓狂な声とともに襖を開いた。

うにゃり、うにゃり。

美麗な雌猫が、気取った足どりで柔らかな肉球を座敷に落とす。ぴんと長いしっぽを立てるのは、遊猫としての意地と張りである。毛色は黒だが、光の当たり具合によっては紫色に体毛が輝く希少な黒猫だ。

当廓で指折りの人気を誇る紫蘇太夫であった。

遊客の目尻が、だらりと蕩けた。

「ふふ、太夫よ、ほれ、近う……もっと近う寄れ」

紫蘇太夫は、ちら、とお大尽を一瞥すると、ふんっ、と鼻先をそびやかしながら上座にまわって丸い尻を落とした。

猫茶屋では、遊猫のほうが上席なのである。

「くくっ、この気位の高さがたまらぬわい」

「ええ、そうでしょう。そうでしょうとも。さすがはお目が高い。よっ、お大尽さま！　遊びの達人でございますなあ」

　すかさず倧朗は追従を飛ばした。

　猫茶屋で働く六ッ子たちは、百眼という眼カツラをつけている。厚紙に眼の穴をあけ、間抜けな眉やまつげなどを描いた簡素な面だ。鼻や口元は出ているが、素性を隠すための苦肉の策である。

　いやしくも武家がおおっぴらに商人の真似事はできない。着物も髷も町人の体に変え、左武朗などは作り物の髭までつけていた。

「太夫よ、小腹が空いておらぬか？　この鰹節をおあがりなさい。わしが上方から運ばせた極上物じゃ。うむ、美味いかね。よしよし、それはよかった。喉も渇いたであろうな。ほれ、マタタビ酒でも一献……」

「おやおや、太夫を酔わせてどうするおつもりで？」

「ひ、ひひひ」

　紫蘇太夫が、宝玉のような眼で倧朗をうかがっていた。遊客に悟られないように、倧朗は小さくうなずいた。

　にゃるる、と紫蘇太夫は鳴くと、下衆な魂胆などお見通しとばかりにマタタビ酒の杯を前脚でひっくり返してしまった。

すかさず碌朗は慌てたふりをする。

「これ、太夫！　なんという不作法な……これはこれは申し訳ありません」

「よいさよいさ」

お大尽はご機嫌斜めならずであった。

「まあ、太夫も虫の居所が悪かったのであろう」

「もしや、茶蜜太夫との浮気がバレたのでは……」

「おお、そ、それはいかん」

「悪い事はできないものですなあ」

「しかし……茶蜜もかわゆくてのう……」

「へい、ごもっともで。どおれ、あっしが三味線でも弾いて、気難しい太夫のご機嫌をとってみやしょう」

「うむ、頼んだぞ」

「さあさあ、ひとつ陽気にいきやしょう！」

べん、べべん、と碌朗は三味線をかき鳴らした。

刺朗の目利きによって、茶屋には美麗な雌猫ばかりが集まった。

猫は化けるという。

怪談の話ではない。人もそうであるが、猫も大切に扱われると、しだいに顔つきが変わってくるものなのだ。

もともと気位が高く、神秘性さえ帯びた生き物である。

古い格式を誇る吉原遊廓であっても、田舎から出てきたばかりの少女に芸を教え、教養を与え、四方を堀と塀に囲まれた色里という異界にだけ咲き誇る美姫として仕立てているのだ。

猫も同じことであった。

しかし、猫は気まぐれである。

犬のように芸を覚えるわけではない。

猫が客に奉仕するのではなく、あくまでも客が猫のご機嫌をとらねばならない。碌朗は手助けをするだけだ。

身を撫でさせるかどうかは猫が決める。あまりにしつこいと爪を出してひっかく。そこがまた可愛らしい。

その趣向が目新しく、江戸の粋人たちを惹きつけたのであった。

はじめは洒落のつもりで遊猫を座敷に揚げてみたものの、たちまち猫の魔性に魅了されて、ごろごろと甘え声を出させようと躍起になって猫茶屋に通うことになる。そうなれば、人は銭を惜しまない。

とかく世に猫好きは多いのだ。

まさに碌朗の読み通りであった。

公許遊廓ではないから幕府に上納金を納める義務はなく、岡場所ですらないゆえにお上の手入れを受ける筋合いもない。

遊客は、ふらりと裏通りの茶屋を訪れ、しばしのあいだ雌猫と戯れて疲れた心を癒すだけなのである。

かくして、猫茶屋は繁盛した。

じゃかじゃかと小銭が帳場に転がり込んできた。

それでも、六ツ子たちは欲に眼の色を変えなかった。それどころか、脅えに似たものを顔に滲ませ、眉に唾を塗り付ける始末だ。

疑っているのだ。

これまで重ねに重ねてきたしくじりで、さすがに用心深くなっている。どこかに必ず落とし穴があるはずだと――。

莫迦も学ぶことはあるらしい。

小銭が溜まったところで、遊猫の錦絵を作ってみた。

刺朗からの熱い要望だ。

碌朗も了承し、版元探しは逸朗が請け負った。

驚いたことに、逸朗はかつて門前払いにされた地本問屋に話をつけてきた。あれほど恥をかかされたというのに、塵ほども気にしていないらしい。莫迦は強い。もしかしたら大器なのかもしれないと碌朗は感心した。

遊猫の錦絵は飛ぶように売れた。

二色刷りの玩具絵で、売値が安かったことも評判を呼んだ。

猫茶屋は、ますます繁盛した。

繁盛しすぎて、隣の店を借り受けて猫茶屋をひろげてみたが、刺朗が捕まえてくる猫だけでは玉が足りなくなった。

しかたなく、町娘に猫柄の着物をまとわせ、猫耳がついた髪飾りをつけさせて、遊猫が空くまで遊客に酌をさせた。色を売らせたわけではないが、それはそれで常連客を増やすことになった。

ここにきて、六ッ子たちも恐る恐る調子に乗りはじめた。

猫ではない茶屋もはじめたのだ。

巫女茶屋の誕生である。

神社から巫女を勧誘するわけにはいかず、芸妓や遊女に巫女の扮装をさせた色茶屋であった。このころには景気が良いとの噂を聞きつけて、本所や深川の岡場所から玄人の女たちが流れ込んでいたのだ。

なんと、これも当たった。

六ツ子たちは笑いが止まらなかった。

我が世の春を謳歌した。

初めての成功に、六人は酔いしれていた。

五

夕暮れ時であった。

竪川の河岸だ。

碌朗は、下女の鈴と連れだって歩いていた。

「若様、お話ってなんです？」

「え？　いや、まあ……ちょと相談ってえかな……」

「あたしにですか？」

「う、うん……」

碌朗は、軽く咳払いをした。

「次の商いについて、いろいろ頭を悩ませてんだが……ほれ、じじい茶屋ってのは、どうだろうな？」

「駄目でしょうね」

鈴にばっさりと切り捨てられた。

駄目だろうなあ、と碌朗も素直に思った。

そうではないのだ。

そんなことを話したいわけではなかった。

商いは波に乗っている。信じがたいほど上手くいっている。いつ武家をやめたところで暮らしに困ることもないはずだ。

そこで、碌朗は一世一代の莫迦をやらかす肚を決めたのであった。

「……まあいいや。なあ、お鈴ちゃん」

「はあい」

「おれっちと……夫婦になってくんねえか？」

鈴は驚いて眼を丸くした。

「夫婦に？」

「お、おうよ」

「お兄様と妹ではなく？」

「与太じゃねえんだ。こりゃあ真面目なことなんだぜ？」

「真面目なことですか？」

鈴の瞳が怪しく輝いた。

「あ、あたぼうよ。んなことで巫山戯てられっかい。んで、どうでい？　ええ？　どうなんでい？　厭かい？」

「厭です」

「え……」

碌朗は茫然とした。

「な、なんでだよ？　おれっちは、もう武家をやめたっていいんだ。だったら、互いに町人だ。夫婦になってくれてもいいじゃねえか」

「若様やお兄様のほうが、鈴は好きだからです」

にっこりと鈴は笑った。

残酷で、無垢な笑顔であった。

「え……あ……ああ……」

碌朗には、てんでわからなかった。

なにいってんだ。若様やお兄様のほうが好き？　筋が通らねえ。理に合ってねえ。武家だから厭なんじゃねえんだ。町人になればいいってもんじゃなかった。なにもかもがわからなかったが……。

鈴にフラれたことだけはわかった。

「そうかい……」

紅に染まった空を見上げた。

夕陽が、やたらと眼に沁みた。

寺の鐘がおんおんと響き、凋落のはじまりを告げていた。

六

碌朗は荒んだ。

心の痛手を紛らわすため、酒に溺れた。昼から呑んでは吐く。商いへの気合いも薄れ、幇間の技に冴えがなくなった。虚ろな眼で天井を見上げては、許しもなく遊客の酒に手をつけて呆れさせた。

やがて、酒を買うために帳場の銭を使い込むようにもなった。

五人の兄たちにも軋轢が生じていた。

逸朗と雉朗は、猫錦絵の意匠で諍いを起こしたのだ。

遊猫の衣裳で、逸朗は面白ければ良しとしていた。同心や火消しなど、突拍子のない組み合わせを好んだ。そして、雉朗は、芸者、貴族の姫、巫女など、美しくなければならないと譲らなかった。

己の趣味を押しつけ、相手の嗜好を侮蔑する。

こうなれば合戦と相成る。

怒鳴り、威嚇し、口汚く喚き、果ては殴り合いまで演じることになった。

だが、ふたりとも腕っ節は弱い。

顔に生傷ができただけで、たいした怪我を負うことはなかったが、眼には見えない亀裂ができてしまった。

さらに深刻な損害としては、長兄と次男が暴れたときに版板が破損し、しばらく錦絵を刷れなくなったことであった。


茶屋の遊猫たちも荒れた。

売れている美猫は、いくつも座敷を掛け持ちさせられて疲れていた。もともと働くのは猫の性ではない。遊客の貢ぐ餌で餓えはしないが、口が贅沢になるばかりだ。つまらない食べ物には見向きもしなくなった。

ささいなことで苛立ち、鋭い爪でひっかき傷をこさえる遊客が増えた。

猫は可愛いが、血を見るようでは粋ではない。

遊客もうんざりして、猫茶屋に通う足も遠のくことになった。

巫女茶屋も荒れていた。

巫女に扮した遊女たちが客を巡って争いはじめたのだ。

景気にあやかって押し寄せてきた歴戦の女どもだ。すれっからしで気も強い。髪を摑みあっての喧嘩になることも珍しくなかった。

女あしらいに不慣れな六ツ子たちに馭することができようはずもなかった。

帳場を預かる呉朗もやらかした。

木綿相場の損失から立ち直った体であったが、茶屋の成功と小銭を眼にして、また大商人への野心がぶり返したのだ。

さすがに投機は懲りたらしいが、猫神社の無尽講なるものを考案した。福徳を授かる縁起物として、浅草では今戸焼の招き猫が売られているが、猫の神社など聞いた事がない。

ようするに詐欺である。

呉朗は兄弟たちに内緒で、遊女や遊客を執拗に勧誘しはじめ、これも客足が逃げていく一因となっていた。

崩壊の連鎖は止まらない。

大岩が転がりはじめれば、底に落ちるまで誰も手は出せないのだ。

刺朗が——紫蘇太夫と駆け落ちした。

猫茶屋を真似する商人は少なく、真似たところで左武朗が木刀片手に脅して手を引かせていたが、偽の巫女茶屋は増えていった。

しかも、阿漕なやり口で、六ッ子たちから遊客を横取りしていた。

左武朗が脅しをかけようにも、ひとりだけでは手がまわらない。売り上げは著しく減りつづけていった。

しかも、左武朗はあくどい遊女に抱き込まれ、美人局の片棒を担がされた。騙した相手が悪い。名家の御曹司であった。

御曹司の親が役人に被害を届け出したころには、当の遊女は茶屋から逃げ去っており、左武朗も逐電することになった。

トドメとばかりに、巫女茶屋にもお上の手入れがきた。

巫女茶屋に遊女を引き抜かれた深川の妓楼主が密告したのだ。

偽とはいえ、巫女を遊女に見立てるなど罰当たりにもほどがあると神社からも町方奉行所に苦情が集まっていたらしい。

残った兄弟たちは逃げ散った。

驕れる莫迦は久しからず。

ただ春の夜の夢のごとし――。

七

「ん？　突き当たりか？」

「上はどうだ？」

「うむ、これは床板か。押せば動きそうじゃ」

六ツ子たちは、湿った暗闇の中でささやきあっていた。

ほとぼりが冷めるまで、本所外れの屋敷に帰ることができなかった。百眼の眼カツラによって顔は隠せていたはずだが、本所界隈で六ツ子のことを知らない者はなく、正体が露見している怖れは否めないのだ。

てんでに逃げ散ったものの、かくまってくれるようなところもなく、刺朗が丑三つ参りをしていた神社に隠れることになった。

はじめに逸朗が辿り着いた。

次に雉朗が。

つづいて左武朗も。

呉朗、碌朗と次々に集まった。

刺朗だけが、なぜか神社にこなかった。

寂れた社はあったが、面倒を見る神主の姿はない。他の神社が管理を任され、ときどき手入れをするために訪れるくらいなのだろう。

身を隠すところはなんとかなったが、屋敷の下男と下女に繋ぎをとることもできなかった。兄弟たちは餓えと渇きに苦しみ、食べ物は夜陰に紛れて畑から盗み、朝露などを舐めてしのいだ。

そして、鎮守の森で茸でもないかと探していたとき、倒木などで巧みに隠されていた洞穴を見つけてしまった。見つけたのは左武朗だ。その穴の先から、なにやら懐かしい匂いが流れてきたという。

兄弟たちは洞穴を探検することにした。

もしや、と勘が働いていた。

極限状態が見せた錯覚であったのかもしれない。ともあれ、他にすがるものはない。この横穴を這いすすむしかなかった。

「ううむ、地底人が江戸を襲うとすれば、やはりこのように……」

「なんだよ、地底人ってな」

「静かに這うのだ。上に声が漏れる」

横穴は、下に潜り、横に曲がり、ついに五人は地上へと出た。

「うむ、どこなのだ？」

「はて、見覚えのあるような……」

「あっ！」

見覚えがあるはずであった。

なんと、そこは葛木家の座敷牢であった。

五人の眼に、じんわりと涙が滲んだ。

ようやく我が屋に戻ることができたのだ。

さらに驚愕の事実も待っていた。

「にゃう！」

兄弟の乱入に、駆け落ちしたはずの刺朗が眼を丸くしている。

座敷牢で美猫と祝言を挙げていたのだ。

「これは、ううむ……」

「お伽噺のようじゃのう」

「まあ、目出度きことよ」

「……そうかい？」

すったもんだの揚げ句に、なにもかもがご破算になってしまったが、兄のひとりは幸せになったのだ。

――まあ、目出度えのかな……。

碌朗は、ほろ苦く笑うしかなかった。

結　六ッ子の大叛旗

一

「さあ、穀潰しども、たあんと召し上がれ」

母御の毒舌を浴びながら、葛木家の朝餉がはじまった。

いつもと変わらぬ情景だ。

「うひょー、朝から焼き魚たぁ豪勢じゃねえか」「いや、恐れ入りやした。さすが母上」

「ありがてえありがてえ」「蟻が鯛なら芋虫や鯨」「うむ、かたじけ茄子」「うわははは、愉快ゆかい」

追従や地口を並べながら、六ッ子たちは膳と口に忙しなく箸を往復させた。武士に二言はなく、穀潰しに二口目はない。出された飯をひと粒残らず平らげることが大義だ。空々しいほど賑々しく、陽気にはしゃいで舌鼓を打った。

必死の欺瞞であった。

——いざ葛木家より自立せん。

その試みは、すべて挫折した。

やるだけのことはやった。知恵をふり絞り、力の限りを尽くし、邪魔する者には木刀と竹光で果敢に立ち向かった。

ただ、どれも実を結ばなかっただけである。

よくやったではないか。努力とは、それだけで尊いものだ。よくぞ励んだという達成感さえあった。苦難を前にして、これほど頑張れることができれば、なにをしてでも生きていけよう。

六ッ子たちは、そう互いを励まし、健闘を讃え合った。

諦めたのだ。

いっそ晴れ晴れとした心持ちであった。

解決の策として、ひとつの結論はあった。

誰が家督を継いだとしても、残りの兄弟を座敷牢には入れないという姑息な約定を結んだのである。継いでしまえばこちらのものだ。隠居となった父など、数の力で座敷牢へ押し込めればよい。

いざとなれば、御家人株を裕福な町人に売り払って、兄弟六人で町屋暮らしするまでのことだと楽観するに至った。

肚を決めれば、さしたることもなし。

これまでと同じだ。

懐中は寂しくとも、気楽に遊び暮らしていればよい。

我らの先行きは明るい。

六ツ子たちは、そう信じていた。

幸いにも家督争いに関しては、あれから父も母も口にしていない。すっかり忘れているのかもしれぬ。

そうにちがいない。

とはいえ、うっかり思い出されても困る。

ゆえに、六ツ子たちは、はやく朝餉を済ませて部屋へ逃げようとしているのだ。

「ろくでなしどもよ」

父の葛木主水が口を開いた。

六ツ子たちの口と箸が止まる。

「食べながらでよい。耳だけ傾けよ」

眠たげな狸面で、六人の愚息を見まわした。

「わしはな、腹を召すことになったぞ」

六ツ子たちは眼を剝いた。

「え……」「父上、なにゆえに?」「親父殿、誰に介錯せよと?」「さては狸の正体がお上に見破られたか」「葛木家はどうなるのですか?」「おいおい、笑えねえ洒落ってなあ洒落じゃねえんだぜ」

うむ、うむ、と主水はうなずく。

「おぬしらの仕出かした不始末は、ことごとく御公儀の知るところとなった。当主として、わしが責をとることになろう。つまり、切腹じゃな。むろんのこと、葛木家はお取り潰しである」

春風を思わせる長閑な声であった。

「は……しかし……」

六ツ子たちは言葉を失った。

六対の眼は泳ぎ、額に汗が噴いている。いかに出任せを見繕ったところで、すでに申し開きのしようもないと悟ったのだ。

母は端然と座して瞑目している。

それが、さらに針のむしろと化して六ツ子たちを苛んだ。いっそ怒鳴られたほうが、よほどに気楽であったはずだ。

ずず、と主水は茶をすすり上げる。

「うむ、美味い。馳走であった」

「お粗末さまでございます」

母の声は、菩薩のごとく優しかった。

「さて、御城へ登るぞ。支度を頼む」

「はい……」

別れの一幕のように、母は恭しく頭を下げた。

二

六ツ子たちは部屋へと戻った。

いまだ驚愕から覚めず、重苦しい静けさが垂れ込めている。

武家の先行きも闇であった。

御家人の多くは御城勤めの役職にありつけず、ただ武士だというだけで扶持米を貪ってきたのだ。いつなんどき、どのような理不尽に遭ったとて、これは甘受すべき運命なのであろう。

六ツ子たちも承知の上で莫迦を繰り広げてきた。

だが――。

親が腹を切る。

冗談事ではない。

笑い飛ばせるはずもない。

狸面よと陰口をたたいても、父であることには間違いない。希代の大物とは夢にも思わないが、畏敬がないわけではなかった。武家として、これまで大過なく務めてきた大人であったのだ。

莫迦をつづけるのも、親が壮健であればこそだ。

家名が潰されようが屋敷が燃えてしまおうが、なんということもない。が、親がなくなるとは、どういうことなのか……ここに至って、六ッ子たちも初めて考えさせられたのであった。

「……外に出るか」

長兄の顔も珍しく張りつめている。

うむ、と五人の弟たちも立ち上がった。

下男に見送られて門を抜けると、屋敷の近くを流れる横川で足を止めた。川沿いに並び立ち、言葉を発するでもなく、ただそれぞれの思案に耽った。

「はて、葛木家の六ッ子はなにをしておるのか」

「珍しく深刻そうな……」

近隣の者たちは、面妖なる六ッ子たちを包む異様な気に怖れをなし、ひそひそと遠くでささやきを交すばかりであった。

四半刻が経った。

水鳥が鳴いた。

ようやく、逸朗が口を開いた。

「……これで、よいのか？」

「よいはずがあるまい」

雉朗が荒々しく吐き捨てた。

「親父殿に責はないのだ」

左武朗の眼は据わっている。

「狸に罪はないな」

「ええ、父上を見殺しにはできません」

「でもよぅ、おっかさんは諦めてんじゃねえのか？」

「母上の気性では、父上が腹を召せば自害するであろう」

「たしかに……」

「ふん、御公儀も切腹させるのであれば、我らに命じればよいのだ」

「切れと命じられても、すんなりと切れるものではないが」

刺朗は、すらりと刀を抜いて陽の光にかざした。

「わたしらも命は惜しいですからね」

呉朗が腕を組んでうなると、碌朗は片頬を不敵にゆがめた。

「兄さんら、逐電したっていいんだぜ？」

「それも面倒だな」

「引きこもる屋敷をなくして、なんの部屋住みじゃ」

「穀潰しにも一分があるわい」

「親がなくては、蔑ろにできようはずもない」

「ええ、ならば……」

「おいらたちが、なんとかしなきゃなんねえってこったな」

平時には無害であれ――。

葛木家の家訓である。

武士というものは、戦場においてしか本来の役目を果たせぬものなのだから、太平の世では無為が好ましいということであった。

今は平時ではない。

葛木家にとっての乱世であった。

しゃきりと背筋が伸び、六対の眼に強い光が宿った。

「よし、やるか……」

「暴れるだけ暴れようぞ」

ようやく、六ッ子たちに晴れやかさが戻ってきた。

逸朗は莞爾と笑った。

「――幕府と合戦を所望じゃ！」

ひゅっ、と水鳥が横切り、水面をかすめて波紋を泳がせた。

三

葛木主水は登城していた。

小普請組の者は、月に三回は小普請支配と面会し、役に付くための希望などを述べる機会が設けられていた。

主水が呼ばれたのは、そのためではない。

麻の生地はくたびれ、角の潰れた裃姿で、とぼとぼと背を丸めて歩みながら、老幕臣は御城本丸の東へとまわった。正面に御長屋御門が見えてくる。門番に通され、右に曲がると、その先は御細工所の役所であった。

御細工所では、京や大坂から集められた職人が自慢の腕をふるい、城内で使われる装飾品や調度類などを一手に賄っている。

差配を任されているのは、若年寄の配下である三人の御細工頭だ。詰席は本丸御殿表の中ほどにある焼火之間であった。

主水はくたびれた裃を見苦しくないものに替え、茶をすすりながら待った。やがて、取次からお呼びがかかった。

本丸御殿の中は三つに分かれている。

北から、幕府政治の中枢となる〈表〉、将軍が政務を執る〈中奥〉、そして将軍と正室など女たちが暮らす〈大奥〉である。

主水が通されたのは、〈中奥〉の御休息之間であった。

となれば、御目見得の相手は――。


「主水よ、面を上げい。狸のくせに堅苦しいわ」

「はっ、上様――」

この場を覗くことができれば、六ッ子たちは腰を抜かして驚いたであろう。

主水に声をかけたのは、徳川家の当代将軍であった。

将軍への御目見得となれば、微禄ではあっても御家人のはずがない。どうあっても旗本でなければならなかった。

しかも、内密の用件で人払いまでされている。

主水は、小普請組ではなかった。

御細工頭の与力である。

同心ならば四十七名もいるが、妙なことに与力は主水ひとりであった。もともと御細工所に与力はなく、ただの方便にすぎないからだ。

「して、どうであった？　はよう申せ」

気が逸っているのか、将軍は挨拶も抜きに下問してきた。

主水は、ふたたび平伏する。

「どうやら、わたくしは六人をまともな武士として育てられなかったようでございます。しかるに、このシワ腹をかっ切って責をとらせていただくため、こたび上様への御目通りを願い出ました次第にて」

「狸め、戯事を申すな」

つまらなそうな声が返ってきた。

「謀反人に育ったにせよ、愚かな余が蒔いた愚かな種じゃ。そちのような忠臣に腹など召させるわけにはいかぬ」

「愚かなど、けしてそのような……」

　主水は恐懼の体をとった。

「よいよい。取り繕うな」

「は……」

「ともあれ、〈試し〉は済んだのだな？」

「まずは、そう申してよろしいかと」

「それで、いかがであった？　六人もおるのだ。ひとりくらいは近習に取り立ててもよい侍に育ったのではないか？」

「使えませぬ」

　主水は、きっぱりと断言した。

「うむ……天下の役には立たぬか」

「立つはずもございませぬ」

「それほどに……」

「はっ、見事な御莫迦者に育ち申した」

　将軍は、ほろ苦く笑ったようだ。

「莫迦は、余の血筋かのう」

「でなければ困りましょう」

「困る……とは？」

将軍は当惑したようであった。

「上様は天下人でございましょう」

「うむ……」

「天下の将軍ともなれば、もはや人ではありませぬ」

「人ではない……」

「さよう。ただの人であれば、天下という重荷に押し潰され申す。あるいは我欲にまかせて愚かな振る舞いをいたします。佞臣を近づけ、忠臣を遠ざけ、やがてご政道に厭いて大乱を招きましょう」

「なるほどの……」

「天下の重みも絹の衣をまとうに等しく、担がれても奢らず、軽んじられても拗ね者に堕さず……途方もなき大莫迦でなければ務まりますまい。大いなる愚昧も、また器量のうちと存じ上げますれば」

主水は面を上げた。

狸面とは思えない鋭い双眸であった。

将軍は笑っていた。

「あいかわらず、そちは面白き男よ」

「は……」

四

事の発端は、二十二年ほど昔に遡る。

この将軍が、ふたりの女中に手をつけたのだ。

大奥へ迎えられただけに、愛らしく整った美貌ではあった。が、瓜ふたつといってよいくらい似通っていた。

それぞれ別家から差し出された小身旗本の娘であり、数千人の女を抱える大奥で互いのことを知らなかった。それでも、城内の奥で働いていれば、奇異なほど同じ顔立ちの女中ふたりは噂になる。

その噂は、将軍の耳にまで届いた。

――それほど顔が似ているのであれば、体つきはどうなのか……。

将軍は、他愛もない興を覚えたのである。

手をつけて、しばらくは忘れていた。

思い出すことになったのは、懐妊を知らされたときであった。

将軍には正室の他に、側室として八名の御中臈が選ばれる。家柄に優れた彼女らを差し置いて、下位の女中が懐妊したというだけでも大騒ぎであった。

しかも、ふたり同時にだ。

女中たちの素性を調べ直したところ、血の繋がった姉妹であったことが判明した。

双子であった。

ある名家の娘たちであったが、不吉とされる双子として生まれたことを忌み嫌われ、秘かに別々の家に養女として出されたのだという。

そして、双子の女中は、それぞれ三ツ子を産み落とした。

景行天皇の御代より、双子でさえ忌み子とされている。

ましてや三つ子。

二組だ。

足して六人。

残らず男の子であった。

畏れ多くも将軍の庶子ではあるが、これを表ざたにすることには苦慮を生じ、とはいえ犬や猫のごとく処分するわけにはいかなかった。

それゆえ――。

『三ツ子であれ六ツ子であれ、上様の御子である。この葛木主水めが、もったいなくも御預り申し上げる』

御細工頭の葛木主水が、『御内々御誕生御用取扱い』として六ツ子たちを引き受けたのであった。

御細工頭は、御城で使われる品を扱うだけに大奥の内情にも通じており、将軍家の秘密に接することも多い。

主水は御休息御庭之者支配から昇進したばかりであり、幸か不幸か〈御内々〉の〈御用取扱い〉には慣れていた。

御庭之者とは、将軍直下の隠密衆である。

八代将軍の御代に、吉宗公が紀州徳川家より引き連れた者たちを幕臣としたことが御庭番のはじまりだ。諸大名や代官所などを調査し、老中以下諸役人の行状や世間の風聞を収集させるのだ。

なにしろ、ことは重大である。

六ツ子たちを隠蔽するため、主水は痔瘻療養を理由に御細工頭の職を退くと、小普請組に身を落したという体で本所の外れに屋敷を拝領した。

あくまでも表向きの身分だ。

妙も大奥の女であったが、六ツ子の母たちとは仲がよく、出産の手助けもしていたことから、未婚であった主水が妻としてもらい受けたのであった。

五

「なれば、〈試し〉は良き結果と相成ったのだな」

将軍は満足げであった。

「目出度きことにて、かの六ッ子らは――」

にやり、と主水は笑った。

「無害……かと」

六ッ子たちは、ひとりも欠けることなく二十歳を迎えた。

だが、将軍家の血が流れているのだ。

庶子とはいえ、これを警戒する者はいる。あるいは、己の権勢を増すために利用せんと謀る者もいるであろう。もしくは、ただ目障りとして、それを亡き者にと願う不届き者もいないわけではない。

母の双子たちは、将軍家縁の寺へ移されて尼となったが、いくら隠蔽しようとも六ッ子たちの誕生を知る者は知っている。

これまでにも、主水は幾度となく命を狙われていた。そのたびに手練れの下男が刺客を撃退していたのだ。

――あの六ツ子に、それほどの価値があるというのか？

あるといえばある。

水戸、尾張、紀伊に徳川御三家があり、徳川宗家に跡継ぎがいないときには御三家から次の将軍が迎え入れられることになっている。

田安家、一橋家、清水家は御三卿と称され、いずれも徳川家から分かれた大名であり、将軍家や御三家に後継者を供給する役割であった。

将軍家は将軍家で、旺盛な精力で子作りに励み、庶子をもうけた端から大名の養子として押しつけることで幕府の権力を強化してきた。

これは両刃の刃である。

日ノ本中に将軍家の血筋がひしめく有様であり、陰や日向で、表や裏で、次の将軍職を巡っての争いが、いまかいまかと芽吹きの時を待っているのだ。

そこへ、面妖な六ツ子までひょっこり絡んでくるとなれば、懊悩で心安らかに眠れぬ者も数多いるであろう。

埒もないことだ。

そこで――。

将軍の下命によって、六ツ子が無害であることを〈試す〉ことになった。

葛木家の跡目争いがそれである。

安吉と鈴は陰にまわって護衛をしながら、六ッ子たちのろくでもない行状の数々を主水の耳へ届け、主水は将軍に報告していた。

下男の安吉は御庭番衆である。

屋敷での暮らしは妻がいれば不自由はないが、雇い者がいなければ、かえって近隣から怪しまれることになる。そこで、主水の耳目として、信頼の置ける手足として、御庭番衆から引き入れたのだ。

下女の鈴も、やはり御庭番衆であった。しかも安吉の実の孫娘である。ただの小娘を装いながらも、かなりの手練れであり、かつ扮装の名人だ。六ッ子たちは知らないが、じつは二十歳すぎの年増女であった。

主水は、細心の注意を払って〈試し〉の中身を吟味した。

逸朗は、呆れるほど想念が豊かであった。が、それをまとめて実務に落とし込む才知には欠けている。

雉朗は、芝居町への襲撃には眼を瞠るものがありながらも、不測の事態を収拾する力量はないようであった。

小屋掛け芝居で野次を飛ばした三人の浪人は、主水を敵視する一派に雇われて六ッ子たちを襲ったものの、これは左武朗によって倒された。

そこは見事であった。

しかし、せっかく跡継ぎになりおおせた萱場の道場では、撃剣稼業にむかないことを露呈し、男装の女剣客に叩きのめされて逃げ出す失態を見せるに至った。

情けない剣士もあったものだ。

じつは、あの道場は、主水がお膳立てしたものであった。道場主として資質の有無を計るため、左武朗を試したのである。

老剣客と男装の女剣客は、安吉と鈴の扮装だ。左武朗の鋭い嗅覚は、酒臭と香で誤魔化したようであった。

刺朗は、じつに危ういところであった。

浪人を雇った一派とは別の一派が、丑三つ参りをしていた刺朗を始末せんと鎮守の森で襲撃を仕掛けたが、これは安吉と鈴が殲滅してくれた。

敵の多さにうんざりするしかないが、刺朗を押し込めた座敷牢に火をつけた下手人も、また別の一派である。

床下にいざというときの抜け穴を掘ったことが幸いし、眠りこけた刺朗を安吉が引き込んで神社まで運んだのであった。

では、六ツ子たちに十両ほど与えたらどうなるであろうか、と面白がったのは呆れたことに将軍であった。

主水は安吉を使って、勘定に長けた呉朗に陰富の札を拾わせ、それが当たり札だと騙した。藪原兵衛は、二度に渡って詐欺にかけようとしたことで失敗した。その兵衛が御禁制の抜荷に手を染めている廻船屋とも繫がっていると鈴が突き止め、主水が町方奉行所に報せたことで一網打尽にすることができた。

猫茶屋の一件は、磔朗に商才の閃きを見せた。が、六ッ子たちの自壊によって、かくなるべしという終末を迎えた。

おかげで、主水は町方奉行所などに手をまわし、六ッ子たちが役人の詮議を受けないよう後始末に奔走しなければならなかった。

これらの結果は、六ッ子たちを警戒している各派閥にも知れ渡ったはずだ。

そして、悟ったはずである。

六ッ子たちは無能であり、無害なのである。無理に我を張る気概はなく、無駄に世を嘆くことなく、貧乏暮らしに憤慨する覇気すらない。

主水は会心の笑みを浮かべた。

——よくぞ育ってくれたものだ！

神輿は軽くて莫迦がよい。

ところが、担いだところで、たかがしれている。

それが大莫迦者である。

このあと、六ッ子たちは江戸から引き離すことになる。地方の小大名の養子にでも出せば、つつがなく生涯を送れるはずであった。

ようやく、主水も肩の荷が下りた思いであった。

あとは――。

楽隠居をして、妻と静かに余生を送るだけである。

六

夕暮れ間際に、主水は本所外れの屋敷へ帰宅した。

「……これは、いかがしたことだ？」

出迎えた妙に訊ねた。

「それが……」

狐面の女房は、怒っているのか、笑っているのか、それとも困り果てているのか、なんとも判別しづらい顔をしていた。

夫婦となってから、初めて見せる珍妙なる表情である。

――穀潰しども、なにをやらかそうとしておるのだ？

屋敷のまわりに溝が掘られていた。逆茂木も植え込まれている。庭にはどこかで伐ってきた竹で櫓が組まれ、先端を尖らせた竹槍まで作られていた。畳という畳はひっくり返され、盾のように並べられている。

登城しているあいだに、葛木家は砦のごとき有様になっていたのだ。

「父上、よくぞご無事で！」

六ツ子たちも主水を出迎えてくれた。

「なんじゃ、その仰々しい出立ちは？」

主水の口からは、呆れ果てた声しか出なかった。おそらく妻と同じく珍妙な顔をしているにちがいない。

六ツ子たちは、そろって白装束をまとっていた。

額に鉢巻きを締め、袖をからげて襷掛けにしている。柄に木綿を巻きつけた刀も差しているが、慣れない重みで腰が定まらぬところから、どうやら竹光ではなく中身は真剣であるらしい。

討ち入り支度のような物々しさであった。

六ツの顔が別人のように引き締まっている。瞳に凛とした光を宿し、総身に涼やかな気魂さえみなぎらせていた。

「父上、我らは――」

逸朗が、なにやら口上を述べかけたが、

「ああ、よいよい。どうせ、ろくでもないことであろう」

と主水は機先を制して黙らせた。

「安堵せい。わしはやめたのじゃ」

「は？」

「やめた、とは？」

「切腹はやめじゃ」

主水は、からりと笑った。

「わしも覚悟して登城してみたものの、御公儀の勘違いもあったようでな。腹を召すほどのことでもないと、ただ叱責を受けただけであった」

「な、なんと……」

「おお……」

六ッ子たちは弛緩し——いつもの莫迦面に戻った。

付け焼き刃とは、その程度のものだ。

「ほれ、剣呑なものは、はよう戻しておけ。拝領屋敷に逆茂木や櫓などもってのほか。御公儀に見咎められでもしたら、それこそ切腹ものよ。わしらの腹がいくつあっても足りぬことになるわい」

そっけなくあしらい、六人兄弟をふり返りもせず奥の間へ歩きながらも、なぜか主水の目頭は熱くなっていた。

途方もなく愚かな所業ではあるが、すべては父を想ってのことだ。

そして、妙の表情が意味するところを悟った。

あの狐眼や、口元と頬肉の珍妙な歪みは、愚息たちが初めて見せる武士らしい姿を見たことで、なんと喜悦を堪えていたのだ。だからこそ、あえて無謀な戦支度を止めなかったのであろう。

――ふん、親莫迦にもほどがあるわい。

苦々しく鼻を鳴らしながらも、主水は口の端がゆるむのを抑えきれなかった。

莫迦な子供ほど可愛いとは、まさに真実なり……。

七

「若様たちは、床につきましてございます」

鈴が様子を報せてきた。

屋敷の砦化で力を使い果たしていたようだ。主水の帰宅で気の張りがゆるみ、高鼾で寝入っているとのことであった。

「鈴、ご苦労であった」

主水は、安吉から留守中のことを聞いていたところだ。

「しかしのう……なんと、そこまで莫迦げたことをな」

「はい、鬼気迫るものでございました」

「して、どのような計略であったのだ？」

問われた安吉は、孫娘に眼をやった。

「鈴、持ってきたな？」

「ええ、ここに」

鈴は反古紙の束を差し出した。

「見せよ」

主水は手にとって、ざっと目を通した。

幕府への叛逆策は、長子の逸朗が練り上げたようである。反古紙の裏に、意外なほど端正な文字で細かく書き記してあった。

苦笑を誘われることに、合戦図らしきものまで描かれている。

わずか半日で書き上げたとは、莫迦も侮ることはできない。

「ほう、横川を水堀として、籠城するつもりであったか……」

なるほど、と主水はうなった。

砦化した屋敷の防御力からして、十人や二十人の役人が攻め寄ってきたところで、たやすくは踏み込めない陣地であろう。

本所の外れとはいえ、大軍をもって攻めるわけにはいかない。江戸で戦となれば、町人をいたずらに恐慌させ、大騒ぎとなってしまう。

守り手としては、粘れるだけ粘ればよい。判官びいきの町人どもが味方につけば、ますます籠城しやすくなるであろう。

素人が作った砦なのだ。火矢を射掛ければ落とすことは容易だが、頻発する大火を恐れる役人ではそれもできまい。

捕方としては屋敷を囲むことしかできないはずだ。

六ツ子たちに幕府の権威は通じないのだ。

これも血筋のせいであろうか――。

「だが、籠城だけでは埒もあくまいて。兵糧が尽きれば、それまでのこと。なれば、いかがするつもりであったのだ？　ほうほう、程よく騒ぎが大きくなったところで、わしと妙を先に逃がすつもりか。なんと、神社への抜け道に気付いておったとは抜け目のない……だが、そこからは……」

気の迷いとはいえ、逸朗も戯作者を目指しただけはある。

なかなかに読ませる筋立てであった。

　ふた親を逃がしたのち、六ッ子たちも屋敷から逃げるつもりらしい。そのあとは、さすがに手詰まりであろう。世間知らずの武士が、浪人に身をやつしたところで生きていけるほど甘くはない。

「ふん、商人に紛れて逃げ散るとな」

　これも上手くいくとは思えない。山に逃げ込むともある。江戸暮らしに慣れた身で、そのようなことが――。

「ば、莫迦な……天子様に取り入るなどと……いや、待て……いやいや、そのような……うむ、しかし……」

　主水は幾度もかぶりをふった。

　十中八九はしくじる企みだ。

　しかし、一分の理は捨てきれない。

　日ノ本には、たしかに将軍家の権威が通じない領域がある。それらを糾合し、朝廷の元でひとつに束ねることができるとすれば――。

　蟻の一穴。

　それを巧みに衝いている――のかもしれない。

　鈴が持ってきた紙束には、逸朗の妄想を書き連ねた覚書も交ざっていた。地本問屋に売り込んだ与太話である。

天狗だの、河童だの、戯言にもほどがある。

だがしかし、それを幕府への叛意を隠し秘めた雄藩や寺社勢力、蓄えた富で大名さえ翻弄する豪商ども、さらには増加する浪人などの符牒であるとすれば……たまさか異国との共闘まで見えてくるではないか！

「殿、いかがなされた？」

安吉の問いかけも、主水の耳には届いていなかった。

「いや、ことによれば……」

逸朗の奇想。

雉朗の統率力。

左武朗の剛腕。

刺朗の狂気。

呉朗の算術。

碌朗の幇間術。

もしも、これらが奇跡的に合わさったとすれば――。

「……天下が覆りかねん……」

「なんと……」

「まあ……」

安吉と鈴は眼を剥いている。
主水の背中も、厭な汗で濡れていた。
——明日にでも……。
また将軍に御目通りを願わねばならなかった。
あの六ツ子たちは野に放てば、火をつけた枯れ野に火薬樽を転がすようなものだ。
——危険極まりなし！
そう献言するためである。
「いやいや……これも親莫迦であろうかのう」
主水は、深いため息を漏らした。
まだまだ、念願の楽隠居はできそうにもなかったのだ。

本書は書き下ろし作品です。

影がゆく

稲葉博一

落城寸前の浅井家、唯一の希望、月姫。その幼き命を狙う魔人信長。姫を逃すため、精鋭の武士と伊賀甲賀忍者は決死の逃避行へ。だが、秀吉の命を受けた非道な忍びが襲い掛かる。絶対的危機の中、蜂のごとく苦無を刺す少年忍者・犬丸と高速剣技の使い手・弁天との邂逅が一行の光明に——超弩迫力の戦国冒険小説！

ハヤカワ
時代ミステリ文庫

町娘がかまいたちに喉笛切られて死んじまった！——金と女にだらしないが、口先と頭は冴えまくる戯作屋・伴内のところには今日も怪事が持ち込まれる。空飛ぶ幽霊、産女のかどわかし、くびれ鬼による呪い死に……江戸中の怪奇を、鮮やかに解き明かしてみせる。妖の正体見たり、枯尾花！　奇妙奇天烈捕物ばなし。

よろず屋お市
深川事件帖

誉田龍一

幼い頃、実の父母が不幸にも殺され、お市は岡っ引きの万七に育てられる。よろず請負い稼業で危険をかいくぐってきた万七だが、彼も不審な死を遂げた。哀しみのなか、お市は稼業を継ぐ。駆け落ち娘の行方捜し、不義密通の事実、記憶のない女の身元、ありえない水死の謎――持ち込まれる難事に、お市は独り挑む。

天魔乱丸

大塚卓嗣

切り落とされた信長の首を護り、森蘭丸は本能寺を逃げ惑う。が――猛り狂う炎が身体を呑み込んだ。目覚めたその時、右半身は美貌のまま、左半身が醜く焼け爛れていた。ここで果てるわけにいかない。蘭丸は光秀側の安田作兵衛を抱き込み、ある計略を仕掛ける。復讐鬼と化した美青年の暗躍！　戦国ピカレスク小説

陰仕え（かげづか） 石川紋四郎

冬月剣太郎

「公儀の敵をやむなく斬って始末する」薄毛の剣士・紋四郎は、己の酷薄な役割に苦悩する。そんな折、江戸で次々と起こる読売殺し——世間を騒がす下手人の手掛かりを探すことに。紋四郎は勇んで探索するも、なんと好奇心に富みすぎる妻さくらが自分も手伝うと言い出すから気苦労が増え……おしどり夫婦事件帖。

ハヤカワ時代ミステリ文庫

第6回アガサ・クリスティー賞受賞作

花を追え

仕立屋・琥珀と着物の迷宮

春坂咲月

仙台の夏の夕暮れ。篠笛教室に通う着物が苦手な女子高生・八重は着流し姿の美青年・宝紀琥珀と出会った。そして仕立屋という職業柄か着物に詳しい琥珀と共に着物にまつわる様々な謎に挑むことに。ドロボウになる祝い着や、端切れのシュシュの呪い、そして幻の古裂「辻が花」……やがて浮かぶ琥珀の過去と、徐々に近づく二人の距離は——？　謎のイケメン仕立て屋が活躍する和ミステリ登場

川の名前

川端裕人

菊野脩、亀丸拓哉、河邑浩童の、小学五年生三人は、自分たちが住む地域を流れる川を、夏休みの自由研究の課題に選んだ。そこにはそれまで三人が知らなかった数々の驚きが隠されていた。ここに、少年たちの川をめぐる冒険が始まった。夏休みの少年たちの行動をとおして、川という身近な自然のすばらしさ、そして人間とのかかわりの大切さを生き生きと描いた感動の傑作長篇。

解説／神林長平

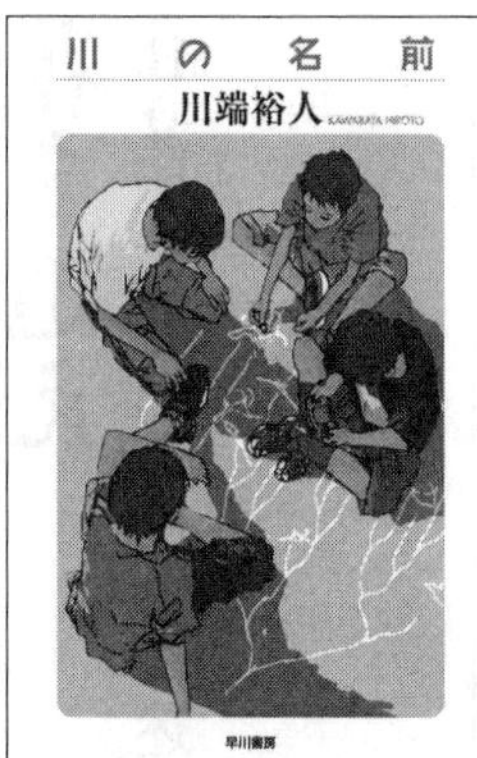

カバーイラスト＝スカイエマ

ハヤカワ文庫

二〇一一年〈さわベス〉第一位

エンドロール

鏑木 蓮

映画監督になる夢破れ、故郷を飛び出した青年・門川は、アパート管理のバイトをしていた。ある日、住人の独居老人・帯屋が亡くなっているのを見つけ、遺品の8ミリフィルムを発見する。帯屋は腕のいい映写技師だったという。門川は老人の人生をドキュメントにしようとその軌跡を辿り、孤独にみえた老人の波瀾の人生を知ることに……人生讃歌の感動作（『しらない町』改題）。解説／田口幹人

ハヤカワ文庫

著者略歴　1968年生，作家　著書『明治剣狼伝　西郷暗殺指令』『つわもの長屋 三匹の侍』『幕末蒼雲録』『炙り鮎 内藤新宿〈夜中屋〉酒肴帖』他多数

HM=Hayakawa Mystery
SF=Science Fiction
JA=Japanese Author
NV=Novel
NF=Nonfiction
FT=Fantasy

六莫迦記
これが本所の穀潰し

〈JA1411〉

二〇二〇年一月十日　印刷
二〇二〇年一月十五日　発行

（定価はカバーに表示してあります）

著者　新美　健
発行者　早川　浩
印刷者　矢部真太郎
発行所　株式会社　早川書房
郵便番号　一〇一 - 〇〇四六
東京都千代田区神田多町二ノ二
電話　〇三 - 三二五二 - 三一一一
振替　〇〇一六〇 - 三 - 四七七九九
https://www.hayakawa-online.co.jp

乱丁・落丁本は小社制作部宛お送り下さい。
送料小社負担にてお取りかえいたします。

印刷・三松堂株式会社　製本・株式会社明光社

ISBN978-4-15-031411-8 C0193

本書は活字が大きく読みやすい〈トールサイズ〉です。